上海詩詞

上海诗词系列丛书

二〇一六年第一卷·总第十三卷

上海市作家协会/主管

上海诗词学会/编

主 编

褚水敖

陈鹏举

上海三联书店

丛书编委会名单

顾 问

周退密 萧 挺 丁锡满
盛亚飞 臧建民 方立平

主 编

褚水敖 陈鹏举

副主编

严建平 谢 巍 胡中行 刘永翔
齐铁偕 汪凤岭 胡晓军（常务）

编 委

（以姓氏笔画为序）

刘永翔 齐铁偕 陈鹏举 汪凤岭
严建平 胡中行 胡建君 胡晓军
姚国仪 祝鸣华 聂世美 谢 巍
褚水敖 楼世芳

旧诗正值少年时

● 褚水敖

众所周知，现代生活是物质日益丰富而精神生活却日益贫乏。这应该是全人类的共同问题，然而这一问题在中国似乎尤其严重。可喜天运宏盛，十分眷顾中国人的精神世界，催促和鼓舞我们中央领导提倡优秀传统文化的大力弘扬。其中成效显著者，是新时期伊始，旧诗或曰旧体诗词得以新生。新生至今，成为英气勃发的少年。

我这么行文，可能会有人反驳：旧诗在"五四"之后被新诗取代，但它不曾死去；既然未死，何来新生？更谈不上少年。我说这是光看表面不看实质了。不错的，旧诗被新诗打倒之后，还在小部分人主要是文人堆里苟延残喘，不曾全死，但它一直被糟蹋得生不如死。比如那高擎新文化运动大旗的胡适先生，他许多汪洋恣肆般地动荡的妙文值得赞佩，可是他有个大毛病：对旧诗十分厌恶，甚至对古诗经典杜甫《秋兴》之类，也大放厥词。这有他的"律诗如缠小脚一样"等偏见为证。自从那时候开始，说旧诗苟延残喘或一蹶不振，其实是轻了，应该说已经死去，起码是基本上已经死亡。新中国成立之后，又给其实已死的旧体诗词压上许多大石，诸如"封建糟粕"、"形式僵化"、"束缚思想"等等。在这样的氛围里，旧诗哪能存活？不过，旧诗确实也在一些具有特殊身份的人那里活着，但在最广大的范围里，旧诗无疑是死的。

所以必须要有新时期以来旧体诗词幸运地得到新生之说。经过濒于死亡实质业已死亡的阶段，旧诗在新的时代浴火重生，如凤凰涅槃一般。旧诗在新生之始是婴儿，如今则已到了少年时期。少年旧诗气象万千，蔚为大观。综览中华诗坛，诗词大军浩浩荡荡。作品数量之巨自不必说，其中还不乏脍炙人口的精品佳作。从诗词队伍结合的方式看，各地诗社正如雨后春笋，气势之盛足以与新诗队伍媲美。诗人结社也是传统，一向有切磋诗艺、培育诗风、促进诗词创作的显效，然而似乎哪个朝代的诗社，也没有今日这样普遍。这一点，不用看全国，只要看看我们上海的诗词发展状况，即可明知。少年阶段满身全是活力，一股子蓬勃清新气象。以此衡量，当今的旧体诗坛，毫无疑问具备少年特质。因此，如果说旧诗不是少年时，就不合情理。

既然旧诗正值少年时，理所当然的，我们爱写旧体诗词的人，笔下出来的东西，一定要与这个少年时相匹配。旧体诗词在过去的日子里，已经有了相当可观的成绩，这是毋庸置疑的。但是总的说来，质量还是与数量大不相称。前面说及，旧诗精品佳作虽云"不乏"，却到底寥若晨星。充斥旧诗各种阅读物的，是大量不堪卒读、不胜其烦的所谓作品。即以那些铺天盖地的应景之作而论，借用一位有识之士的话："仍有不少作品像封建时代的御用文学或帮闲文学那样不假思索、不负责任地追风赶浪、歌功颂德，把历史创造和社会进步的艰难掩盖在空洞的口号之下，用无聊陈旧轻飘的颂扬把光华四射的历史变革和时代精神化解为庸滥臭腐的言辞。"这显然十分中肯地道出了当代诗词创作存在的重要弊病。再切换一个角度来指出问题，比如，诗词形式本身富于娱乐性，因为这种经典形式是中华民族文化在千锤百炼之后形成的"有意味的形式"。但是，在这种经典形式里加进内容的时候，切忌把本身具备的娱乐性因内容的糟糕而变质。如果把创作这一高层次的精神活动转化为单纯的娱乐性的时候，旧体诗词就可能走向邪路。

如果我们的旧诗出现了上述弊端，那么，她就会失去"少年时"必须具备的性格特征与精神风貌，就不是"少年时"，而是未老先衰或其他不良状态了。

　　旧诗，这一具有鲜明民族特色和顽强生命力的传统艺术形式，正值少年时！让我们以生花妙笔，借着少年英姿必备的精气神，写出与旧诗少年时相一致的华章，发出真正弘扬优秀传统文化、深刻反映时代精神的强音，成为我们共同的自豪与光荣。

　　以诗作结：

　　　　不可轻心对旧诗，旧诗正值少年时。
　　　　恰如万壑清流出，向海奔腾大势奇。

目录

卷首语

诗国华章

丙申初咏

梅园清赏

海上诗潮

目录

2

风云酬唱

元日抒感

元宵感怀

玖园春兴

诗社丛萃

静安诗词社作品选

云间遗音

九州吟草

观鱼解牛

诗

国

华

章

丙申初咏

● 陈鹏举

丙申大年初一

生若相看揽日车，一年一度一清华。
曾猜上古烧龙骨，得见今时擘虎牙。
一瞬目风化沙石，无穷年雨散天花。
春朝犹似岁阑意，直向东流赋永嘉。

● 胡晓军

临江仙　除夕

愁绪岂无愁绪，欢心自有欢心。人生在世两难
禁。今宵又岁暮，把酒向天吟。　　灵感双瞳万象，
佳期一刻千金。春花秋月到如今。明朝冬尽也，暖
意已来临。

● 张立挺

猴年吟

思绪又回花果山，难将笔墨诉悲欢。
一根金棒天庭乱，五指云峰佛界安。
莫让阴风迷世态，仍须火眼识衣冠。
石猴终属英雄汉，故事年年说不完。

● 吴定中

丙申贺岁辞

屈指年年数景观，火猴当值发千端。
群山起伏峦峰峻，大道延绵带路宽。
谐洽平宁凝远誉，奔腾激荡等闲看。
是真国手茵场见，纵跃横驱意正欢。

● 金持衡

沁园春　丙申迎春

锦瑟芳春，仙子凌波，梅雪傲霜。对江城歇浦，煌煌文采，骊歌颂唱大地朝阳。纳福灵猴，频年鼎革，广宇欢忧话沧桑。凝望眼、究风雨世事，共祝壶觞。　　百花烂漫清香。有雄才奕奕茁东方。赋莺声燕语，丹心正气，兴邦实干，溢彩流光。云海天风，举星踏月，肝胆满腔气韵长。斜阳外、正磁浮一列，胜似飞缰。

● 胡树民

喜迎丙申年

灵猴睿智美名扬，壮志雄心奔小康。
理念创新指航向，扬帆破浪谱华章。

● 成德俊

元旦恭祝

新年万事正相期，欣有嘉朋可寄诗。
胸拂春风人不老，耕耘吟圃尽繁枝。

● 刘振华

丙申有感（新韵）

一

穿梭日月绣乾坤，锦上风光满目春。
谋定宏图开局展，中流击楫小康奔。
审时度势航船稳，执政为民理念新。
喜看金猴清玉宇，休闲老叟把诗吟。

白驹过隙又新春，逝水东流总印痕。
往昔年华诚可忆，而今时刻值千金。
笑嗔众说人生短，登顶群峰襟抱赉。
活水源头生态好，穷经给力壮诗魂。

● 顾建清

除　夕

乙未岁除，检得明代嘉定四先生之一程孟阳嘉燧先生《除夕》
诗墨迹稿，心甚喜。和之，守岁。

赴壑流年将夕除，红尘温软尚清疏。
香生小几花瓶淡，春到寒灯酒爵虚。
壁纸侧悬三径竹，架条乱叠一堆书。
心明泠似梅边雪，白发谁呼闲枕居。

● 沈求洁

元旦口占

天轮旧岁换新元，盛世依然满目妍。
一册前贤经眼录，钩沉往事是文缘。

● 贺惠芬

除　夕

珍肴佳酿展玲珑，更感亲情胜酒浓。
畅饮笑谈家国事，忽闻子夜已鸣钟。

● 苏开元

迎丙申年

冬寒春暖入屠苏，风雨河山浴火荼。
断腕凛然去痼瘤，砥流汹涌斗刁胡。
未年博得千姿好，申岁须争万象殊。
江海不辞喷薄日，终归绚赫布宏图。

上　海　诗　词

● 倪鼎琪

丙申年春节

金猴神棒开新局，扫尽九天霾雾毒。
扰人鞭炮寂无声，高鸟轻松传妙曲。
喜见麒麟荐福来，更期精准扶贫续。
水仙款款送清香，梅萼红红迓朝旭。

● 张忠梅

诗

国

丙申年春节诗社聚会

庆岁桃符又焕新，初霞一抹染芳春。
枝头嫩萼正含笑，园里龙孙方挺身。
聚首江楼心浩荡，举杯佳酿味清淳。
啸吟唱和同堂乐，尽展风骚精气神。

华

● 史济民

贺新年致诗友

章

又酌琼浆入玉卮，举杯祝福共欢之。
青春岁月沐磐雨，耄耋生涯铸好词。
一卷藏书一支笔，几番事业几篇诗。
霜枫绚烂醉人日，还忆抟风击水时。

● 张宝爱

汉宫春　丙申新春寄怀

极目凭栏，正新年伊始，旭日升东。人生百岁，可叹几度能逢。韶华似水，向前流、一去无踪。谁若这、疏枝衰草，春风吹又葱茏。　　岁月沧桑回望，却攀爬滚打，步履匆匆。堪称白驹过隙，足染泥鸿。青丝白发，伴晨昏、意挚情浓。期晚景、清风明月，高歌喜度秋冬。

● 刘喜成

西江月　猴年新春

爆竹惊醒春梦，秧歌扭醉花腔。儿童戏闹满街香，心意随波荡漾。　　吸引清风润笔，品尝苦味清肠。笔牵平淡与疏狂，放眼神州豪放。

【梅园清赏】

● 褚水敖

残花新咏

无锡梅园，赏景已迟，满目残花，感而咏之。
细观不见色衰痕，天令残花妙味存。
静气终究闲里定，壮心岂肯老来昏。
绝知风骨无先后，总伴山云任吐吞。
藏得初开繁茂志，纵然落地亦寻根。

● 胡晓军

丙申初春访无锡梅园从褚水敖先生诗意并和

残花未失自然痕，铁骨清香皆固存。
烂漫曾经送白雪，飘零依旧共黄昏。
此生有恨从云吐，彼岸无边由梦吞。
我境开来成永境，梅根守得到心根。

暗香　残梅依白石道人韵

丙申初春访无锡梅园。早梅尽凋，落英遍地，虽有晚梅疏枝繁花，彤云浮动，香氛飘度，却时有花瓣摇落、扑簌人前。知春风已渐暖，此花期余不久矣。而观弱柳抽芽，已成初象；更有望春、迎春、茶花、桃花、李花、杏花、郁金香斑斓竞放，知领众芳而发，此花名不虚致也。

妒仙秀色，已几堪谢了，幽微如笛。满地落英，俯拾千回不消摘。光景频摧急逝，何草草、无心留笔。更未顾、数片纷飞，飘送到残席。　　花国，破淡寂。遍杏李柳桃，烂漫堆积。暗香化矣，凭此佳音作长忆。长忆曾清丽处，还竟在、寒江凝碧。只待我、歌一曲，好重遇得。

疏影　早梅依白石道人韵

嚼香似玉。任朔风送冷，催起沉宿。已现疏枝，犹隐初华，空亭默对松竹。天机毕竟遮难住，遍早是、东西南北。恰语人、暖意平生，莫使远妃清独。　相约齐开昨夜，倩谁安派下，黄白红绿。摩诘乡思，和靖亲情，自向西湖林屋。无端却怨东君近，只顾著、这番心曲。剩此晴、良久凝眸，盼那忆能盈幅。

● 姚国仪

访　梅

我到梅前花已残，梅花与我恐无缘。
从兹莫再两相约，花谢花开凭自然。

荡　口

古街新貌或难堪，幸有游船坐可探。
春水绿波杨柳岸，争教情思滞江南。

● 李建新

残　梅

叶下残疏影，枝头剩淡香。
落花铺满路，拾取入诗行。

● 成德俊

荣氏梅园赏梅五绝句

一

邀游百里探梅花，行到山间又水涯。
皆道寒英甘寂寞，缘何开在富人家。

8

二

红尘滚滚乱如麻，何处身心置我家。
若要人间清气在，舍南舍北植梅花。

三

遗世风姿品自奇，孤山处士岂无妻。
闲时移得溪边种，夜夜清芬梦可期。

四

树前凝目立多时，久爱梅花花可知。
畅怀当醉梅花下，还恐梅花笑我痴。

五

花落花开赏未迟，千姿百态动吟思。
挥毫当写三千句，要使梅花知我诗。

● 杨毓娟

残　梅

春分过半已芳菲，忙煞千枝点点飞。
寄语梢头君且去，明年迎我又依依。

咏　梅

风和新雨暖初回，试马听莺逸兴催。
柳眼迷离三月远，疏林珠色万枝开。
船山隐翠凭谁问，和靖听泉费汝猜。
借得精神缘白雪，万千图画古今来。

张船山，清著名诗人，写梅尤著；林和靖，宋著名诗人，以梅妻鹤子自诩。

● **董佩君**

荡口古镇

湖平楼阁映，柳絮岸风翻。
伯虎毫垂露，徵明袖拂烟。
行舟观画卷，漫步读遗篇。
一首江南曲，余音绕耳边。

醉花阴　梅园探梅

远道寻芳将日暮，依旧香盈路。举首尽红云，
一阵风来，却见飘花雨。　　放翁昔日怜寒骨，君
复心相许。何物总销魂，傲雪冰肌，独放通幽处。

● **邓婉莹**

前　朝

前番望春心切，指梅为桃，见笑于友。后机缘之下，先赏静
安之梅，花期正盛，诸色灿然，又览无锡梅园，落英缤纷，其韵
亦远，感而记之。

前朝不识伊人面，此日相逢处处开。
楼外枝横好颜色，山间香冷落花埃。

海上诗潮

● 陈鹏举

听雪二首

一

一夜江南雪有无，晓来借问绿菖蒲。
紫云冻砚新磨墨，画个扁舟访戴图。

二

谢娘柳絮薄如纱，觚酒不知寒到家。
且向纷飞雪中立，今生修得作梅花。

横　塘

横塘转眼雪纷披，卅六鸳鸯昔满陂。
酩酊解衣枯树赋，萧条吹雨茂陵辞。
天池鸟力犹能到，北海鱼龄未可知。
蜗角梦焚断肠草，寰中诸事不胜悲。

太　白

太白轻舟似万乘，少陵瘦马有锋棱。
画中老子盈头雪，尘上青牛一尾蝇。
天末寒花香热烈，岁阑故国气崚嶒。
余生栖向湖山外，几度中宵杯酒冰。

临江仙　悼萧丁

君尽今生涕泪，谁非明日沙尘。隋梅花瓣已纷
纷。失声肝胆事，倏尔不知云。　　任是寒侵马骨，
也曾啸傲龙门。天台记得读书人。平生慷慨意，遗
世楚诗文。

江城子　用张冠城原韵

先生今日是归期。草迷离，木离迷。草木离迷，雨雪又依依。田汉担夫归故里，山破处，鹧鸪啼。

湘君山鬼总嘘唏。汨罗溪，化虹霓。屈子诗文，君我一团泥。九死书生犹不悔，魂魄在，盎生机。

● 莫　臻

水调歌头　月月红

风雪恨无怨，季季可心开。不论村野宫阙，随手便欣栽。尽管浑身突刺，痛附烟尘蠹莠，月月卷红来。少女舒腰袖，痴汉醉松槐。　神农植，黄帝帜，敬妻怀。罢兵二战，花选月季胜春台。长愿和平繁茂，更入时新常态，岁岁败枝栽。漫步长冬夜，活血足高抬。

据《花卉鉴赏词典》记载，1789 年中国四个品种的月季：朱红、中国粉、香水月季、中国黄色，经印度传入欧洲。时正交战的英法两国，为保证中国月季安全地从英国运送到法国，竟达成暂时停战协定，由英国海军护送到法国拿破仑妻子约瑟芬手中。1945 年 4 月 29 日，为庆祝消灭德国法西斯，从月季中选出一品种名为"和平"。月季的根、叶、花均可入药，具有活血消肿、消炎解毒功效。

● 刘永翔

接诸生见寄佳什喜赋

何须学语叹难工，一自能诗便不同。
寄问满蹊桃与李，吟风可胜笑春风？

有　感

信从微处得知人，蜡凤香囊事果真。
惭愧少年无所好，惟将书卷耗精神。

海

上

诗

潮

忆 旧

一

翠袖单寒玉颊消，黄昏便忆竹萧萧。
此君若有平安讯，莫报佳人道早凋。

二

桃溪一夜绝潺潺，无复烟霞润世间。
莫是仙人思独善，春波只绕武陵山。

三

诚知春事委尘沙，何预南园一老槎。
记得当时丹桂语，灵椿树老本无花。

善忘自笑

老来多读亦多忘，书册难增学力强。
耆岁三冬欣足用，衰龄万卷是虚藏。
畏闻鲁叟犹留壁，欲学胡僧只面墙。
抛却平生遮眼物，痴名让与少年郎。

● 胡中行

咏新静安十八韵

静安旧城区，传统久昭彰。
二大遗址在，瞻仰感沧桑。
古有静安寺，真言设坛场。
几处名人宅，史迹内中藏。
马勒旧别墅，新姿对斜阳。
今有梅恒泰，名气出东方。
寸土黄金地，熠熠生光芒。
今又逢好事，喜鹊鸣柳杨。
闸北英雄地，由来日月长。

铁道连南北，宋墓围香樟。
抗战纪念碑，代代记国殇。
大宁透嫩绿，彭浦换新装。
地广聚人气，树多集芬芳。
两区联珠璧，打造强中强。
建设新静安，互补更辉煌。
加速二合一，举措亦得当。
并举政经文，加惠农工商。
值此好时节，拱手献一章。

中共二大会址在静安区。真言即密宗，静安寺为汉传密宗道场。梅恒泰，梅龙镇、恒隆、中信泰富，号称"金三角"。静安白领学堂为静安文化著名品牌。宋墓，宋教仁墓，在闸北公园内。

回文绝句赠某友

遥望四野草青青，白雪随心暖日晴。
箫洞吹开云里月，高音大曲几人惊。

回　文

惊人几曲大音高，月里云开吹洞箫。
晴日暖心随雪白，青青草野四望遥。

揖别本瑜姊夫

一声珍重隔阴阳，虬驾绯衣揖病床。
修学巴黎崭头角，闻名沪上道风光。
轻烟袅袅海天阔，妙语期期意味长。
人事无常寓代数，几何荣耀几何伤？

郭本瑜教授，著名数学家，原上海科技大学校长，原中共上海市委委员，原全国政协委员，因患胰腺癌，于今年5月5日5点38分于华东医院去世，享年74岁。亲爱的三姐夫，一路走好！

● 王铁麟

浙东金庭谒王氏遗存

一

山有云烟伴，金庭未得期。
珠晶催叶落，不复梦丹墀。

二

若耶溪水冷，今夕一灯红。
昨夜西桥客，山间拾紫枫。

三

才门多有醉，坦腹有郗珍。
无奈谢家女，东湖未摘莼。

四

雨中三进石，香火几支红。
白首咿呀曲，泥炉酒未浓。

旧　事

一

朝来风雨夜来筝，曲送江南又几更。
春江水拍传奇事，谁家院里有三生。

二

牡丹洛水碧云天，长河夕照几重烟。
酒帘直指开封道，再梦东京九百年。

三

意气当年笔底歌，绿玻灯下读新罗。
生桑海宇鸥波去，钩月依然伴旧荷。

上

海

诗

词

四

犹记苍茫十月天，钱塘青女正芊芊。

长桥寥廓羊城曲，已是乾坤五十年。

● 蔡慧蘋

柳梢青　安吉溪龙

楮木高台，凭栏南望，远树烟濛。叠叠茶田，粉墙黛瓦，人在溪龙。　云山雾气重重，何处是、新风旅踪？西向重檐，半垣院落，迟日曈曈。

过济南李清照纪念堂二章

一、鹊桥仙

大明湖畔，扶疏竹影，趵突泉前柳舞。香飘丹桂入明窗，人道是、词宗曾住。　花开花落，闲来闲去，迷了武陵归路。红鳞戏水跃西东，犹记得、荷花争渡。

二、点绛唇

金石千篇，图书万卷归来赋。舳舻江渡，烽火皆成土。　聚散因缘，负了分茶苦。天意妒。柳泉飞絮，屈指须眉数。

金庭二章

一、减字木兰花

金庭济渡炉烽庙，西风换了，越地栢红黄叶路。剥落门墙，玄度家祠香绕梁。　雷公电母，菩萨大王风雨奏。台北台南，粉墨春秋各自酬。

济渡炉峰庙，为东晋名士许询（玄度）家庙，此庙供奉多元，主殿北，有旧戏台。

海

上

诗

潮

二、醉蓬莱

乙未秋重过右军祠，见庭梅依旧，双巢杳然，遂赋。

正苍茫骤雨，岭谷清秋，剡溪之路。瀑布山中，拜过羲之墓。老树新枝，绿芽星点，端个冲天赋。识得庭梅，双巢小小，问今何处？　翠巘重重，湿云千片，四五嘤鸣，过长空语：山涧淙淙，溅石飞沙雾。雨恋梢头，碧玉横挂，串串晶莹侣。向午烟斜，青山深处，试侬新羽。

剡溪之路，剡溪呈"之"字形。

● 姚国仪

海南二题

一、雨中过天涯海角

滂沱急雨过天涯，一片汪洋白浪花。
我是琼州旧相识，诗肠隐隐走雷车。

二、海棠湾即景

一叶海棠沉海湾，千年踪迹泊人间。
沙滩通向龙宫去，风揭浪涛遮远山。

海棠湾与亚龙湾、大东海湾、三亚湾、崖州湾为三亚的五大名湾。

● 喻石生

丙申莘庄探梅

一

未改旧时丰韵妍，重逢已过古稀焉。
曾与月明林下约，回眸四十八年前。

二

不爱芳馨媚众欢，傲寒心曲向谁弹。
倘如三二真知己，未若风前雪后看。

三

有谁关爱问行藏，英秀屡经冰雪霜。
满苑暗香姿百态，唯君只靓素颜妆。

四

戎装初卸暗香浮，爱倚旗亭松竹幽。
只待风人吟咏罢，醉心恰在月当头。

五

东君襟抱本无私，蓄蕾已过飞雪时。
未与诸芳争妒艳，只缘英发领先枝。

● 范文通

浣溪沙

丙申春，第二十三次上黄山。归填浣溪沙四阙，以纪游兴。

一

依旧苍松叶未稀，千年迎客笑微微。枝高不碍
雁南飞。　　海角迟迷芳草梦，天涯好沐夕阳晖。
黄山别后总依依。

二

拾步玉屏鸟语稀，抬头唯见白云微。松前留影
已魂飞。　　大佛慈眉平北斗，天都细径接南晖。
人天合一可归依。

三

为爱黄山忘古稀，敢教劳劳力心微。耳边一曲
彩云飞。　　足下坚持有余勇，眼前透亮觉明晖。
蒲团松上或栖依。

四

三月皖南雨雪稀，轻车不觉减衣微。下山犹可
步如飞。　　西海尽头沉谷底，光明顶上仰初晖。
黄山与我两心依。

● **曹志苑**

荷叶杯　胡适故居踏访

帘疏蕙迹如雪，烟月，谁从山中来。兰花开早
却依然，溪声也分明。　　敢挡泰山石去，何处，
曲径故居边。话白文启划苍天，传似水流年。

胡氏旧居辈出人材。出故居大门一小巷尽头，尚存一块风水
术数的"泰山石敢挡"五字，胡家的气场能量岂能挡得了。

画堂春　徽州女人

千山阔海古城人，程朱阙里犹魂。孝姑节俗一
家亲。儒道伊春。　　欲行文房旧礼，皖乡四宝先
锋。笋干腊肉晒黄精，徽女全能。

● **龚伯荣**

女骑手

日落天山下，英雄策马时。
啼声踢踏近，竟是木兰姿。

天山天池

遥望千峰雪色残，一泓碧水润山峦。
有心汲取瑶池水，洗却浮尘百事安。

● 傅　震

数　点

数点桃红近水亲，鹧声入画亦精神。
春风无意送舟远，谁是岸边明白人。

● 丁德明

松江醉白池

半亩秋圹几束枝，漏窗小雨细如丝。
朱公一梦鼾声起，撼出松江醉白池。

朱家角傍晚

落日苍凉暮霭浓，小船杉树动秋风。
明清一组遗留画，装裱长桥五孔中。

长兴寿圣寺

千年银杏寺中藏，飞叶铺来满地黄。
石鼓三台身未度，葫芦半个佛开光。
竹摇疏影添诗梦，楼溢清氛带墨香。
似有苍龙腾欲起，祥云紫气抹斜阳。

千灯古镇

明清街巷窄而幽，石板廊檐藏暗沟。
昆曲源头三代韵，亭林故宅四朝秋。
杏遮禅寺飘青霭，桥引乌篷下碧流。
隔岸琵琶弹蒋调，江南丝竹满茶楼。

千灯石板街下设下水道，为古建筑奇观；蒋调，评弹大师蒋
月泉。江南丝竹起源于千灯镇。

● 王家林

读随园诗话

一

随园格调爽心听，诗话廓开真性灵。
酣畅淋漓敞胸臆，莫行无病效娉婷。

二

阴阳相隔唤娘亲，赤子披肝泪洗巾。
彼应仓山听居士，言诗率性性元真。

三

居士童心犹未泯，笑人掉画面佳人。
喜僧痴笨还谐趣，恐失云山掩寺门。

　　诗话作者袁枚（1716～1792），字子才，号简斋、仓山居士，世称随园先生。诗话论诗力主性灵说，认为"诗之传者，都是性灵，不关堆垛"、"诗人者，不失其赤子之心也"、"言诗之必乎性情也"。

沁园春　先锋赞

　　大雁凌空，冽冽西风，首雁前冲。念旧邦罹难，救焚拯溺；旗扬马列，开路先锋。横扫阴霾，劲驱虎豹，万里长征壮志雄。忠魂血，把乾坤洗亮，灿烂新空。　　今朝再展雄风，要勇立潮头搏浪峰。秉优良传统，党心民意；存亡与共，血脉相通；伟大复兴，辉煌前景，锦绣山河敷彩虹。欢歌起，庆中华圆梦，龙驭苍穹。

● 张立挺

枫林诗词社离休老社员座谈会

童颜皓首透雄风，堪敬当年执硬弓。
解甲同归诗苑内，枫林一片晚霞红。

枫 叶

梧桐已老杏将穷，却现庭园耀眼枫。
日照黄昏燃一叶，霜天还我万山红。

贺武健华前辈九秩华诞

频传春讯接东风，九秩华辰贺武公。
智勇齐心擒四害，京畿鼎力护元戎。
人虽解甲毫锋健，枫已经霜树叶红。
岁月悠悠身骨朗，犹看匣内宝刀雄。

同窗重逢

同窗相聚会茶楼，谈笑声中往事钩。
岁月如成东逝水，人生便是大江舟。
昔时记忆寻红颊，今日沧桑映白头。
都说霜前枫叶美，夕阳照耀更风流。

水调歌头　庆祝建党九十五周年

二把镰锤叠，一面战旗红。历经霜雪雷电，猎猎树寰中。万里长城挺脊，九曲黄河腾血，川岳绿东风。从此神州暖，日照泰山峰。　青史铭，丰碑立，耸苍穹。沧桑今日，扬廉防腐响洪钟。山岭还须打虎，瓷店尤应除鼠，不忘执长弓。迈步朝阳里，颂曲涌心衷。

● 黄　旭

上茅山

翘首上山凭索道，云岚缥缈处是仙家。
忽然风雨迎宾客，头白鸳鸯面壁崖。

谒崇寿观

慢道尘嚣只钓名，从来世事暮云轻。
唯将一善适人意，风雨无常可处行。

记云台禅寺

再造云台福慧功，如来信众感恩同。
佛光普照汾湖畔，银杏曳摇千古风。

回望大龙湫

一泻龙泉仔细斟，莫嚣山水隐禅岑。
无端欲问寻诗梦，不及骑驴得意深。

赠许君

目标锁定敬勤歌，些许红尘奈汝何。
山水经营生意好，清风明月自然多。

● 邱红妹

忆山塘街

心仪故旧走山塘，遍访无门忆绪茫。
唯有河边思母影，寒风刺骨洗衣裳。

重元寺

天籁长驱入寺门，似曾相识净无痕。
更奇免费迎宾客，只把诚心报佛恩。

莲花界

碧水兰天映玉荷，青香拂面尽摩挲。
观音大士杨枝点，智慧重开幸福多。

游金鸡湖

天外飞来一镜湖，碧波荡漾绚如图。
巴台沿岸休闲座，抵酒吟诗忆古吴。

● 周退密

敬步定老诗韵奉和

晚岁信多缘，友情诗句连。
语从肺腑出，意接老庄玄。
野草寿无极，垂杨丝拂天。
终朝耽寂寞，聊欲效高贤。

吴定中识：一百零三岁的周老仍思路敏捷，十分可喜。元宵日他赐我和诗。据师母说，这是今年（可能是指新春）他写的第一首和诗，特推荐共赏。并附拙作《天年问》：

平生不信缘，因果见连连。着意寻经典，无方叩妙玄。
有云仁者寿，或唱奈何天。免疫循环说，今人胜古贤。

（近日报载，美两大学研究善恶影响人寿有免疫循环之说。）

● 傅璧园

高阳台

压地冻云，遮天飞雪，当时狮子街前。冷尽青春，至今肠断魂牵。别来万苦千辛事，乍相逢、欲语泫然。最难言、君十九年，我廿二年。　　西郊草色迎人日，叹惊鸿影瘦，病燕态蔫。白首重携，只当共了残缘。缘残梦旧忘难彻，忆中庭、双倚未眠。记那时、夜凉似水，月淡如烟。

● 章人英

乙未岁残有怀才得鸿荣及海上诸友

别意离情一见难，电波传语报平安。
与君同是天涯客，翠柏苍松共岁寒。

● 张才得

亲和源回廊即景

长廊环绕十楼台，花木扶疏佳境开。
豁齿童头身已老，谈天说地兴如孩。
淑贤妻子搀盲去，孝顺儿孙俯首陪。
百味人生多感悟，轮车缓缓引歌来。

亲和源为敝寓老年公寓。有人挽着失明夫君；有人退休后侍此全心全意服侍病母；有人推着轮椅上有病夫君，同唱昔日情歌回味人生。

亲和源内部再迁赋得

绿抹枝头红抹墙，阳台小坐挽秋光。
楼前竹引清风到，叶底鸟鸣生意藏。
远市清幽车杳杳，轻歌婉转夜茫茫。
谈诗品对已三日，口角犹留书卷香。

"轻歌婉转"句，有某女士者，不见其人亦不知姓氏，徘徊于夜色中低声歌唱音色甚美。尾联，即指近作一次介绍古典诗词发言。

送田遨老驾鹤仙去（新韵）

一

九卷珠玑集大观，搜罗万物作诗言。
神游远到人天界，市隐深耕文字田。
狂想奇思堪鹤舞，回肠荡气足鹰盘。
不教一日等闲过，沥胆呕心五十年。

先生大著二百万字编成九卷，洋洋大观，涉及文字的方方面面，诗词之外，诸如骈体、散文、寓言、童话、小说、剧本、编述、语体诗等等及至书画，无所不有。先生曾自撰一联云：为报三春无限好，不教一日等闲过。

二

速朽辞章剧可怜，却教红雨洒江天。

汪洋恣肆汇成水，喷薄光辉化作烟。

齐鲁名城拥名士，桂平清巷著清言。

春寒难减清明近，殒落文星不忍看。

先生为《解放日报》元老级人物，曾从事国际新闻评论。回头来看，早年那些文字皆成速朽之作，而其后五十年文学生涯则不然，有人谓：遂诗必传。红雨轩，为先生书斋。先生为山东济南籍，寓于沪西桂平路某弄。

● 张文豹

咏 秋

一

平生勤奋晚年康，红漫青山映夕阳。

伏枥犹怀千里志，心期一统祭炎黄。

二

秋山红叶胜春花，不老青松伴晚霞。

壮志豪情歌盛世，丹心一片献中华。

人月圆 乙未中秋愿景

秋高气爽神州夜，天上月圆。东西南北，银光皎洁，照耀人间。 复兴民族，梦圆中国，伟业千年。心期两岸，同舟共济，盛我轩辕。

寿星明 神木颂

中国共产党九十五周年诞辰纪念

树立东方，拔地参天，勃勃向阳。念根扎沃土，枝繁叶茂；名冠宇内，果硕花芳。傲雪凌霜，抗灾御害，焕发生机活力强。南山寿、看核心挺秀，特色无双。 从严治党深长。定宏伟规划建

海

上

诗

潮

27

小康。有英明战略，创新理念；先锋使命，大道康庄。革命精神，遵章守纪，气正风清纯洁彰。中华梦、有同舟共济，民族隆昌。

● 周 华

两岸领导人会面有感（新韵）

六十六年风雨路，狮城会面史翻新。
三皇五帝同根祖，两岸一家难割分。
顺应潮流增互信，长期圻裂愧儿孙。
和平发展谋祥祉，统一中华盼早音。

浣溪沙　喜获抗战胜利纪念章

抗战金光纪念章，胸前佩带喜心房。我将永久去珍藏。　　打败倭奴虽胜利，滔天罪行不能忘。谨防他日再猖狂。

● 朱振和

无 题

平居无水亦无山，何处廊桥拾级攀。
夜深忽见弓弦月，疑是轻舟入梦还。

亚投行

猗欤粲者亚投行，济世明时有义方。
一带商赢兼一路，千番创惠促千强。
五洲利害应同识，世界眼光何可忘。
莫谓当前无杰构，且看藏水入南疆。

亚投行，亚洲基础设施设资银行之简称，为我国建议创设。亚投行最大投资项目藏水入疆工程已雷霆启动，它可使56万平方公里塔里木盆地和18万平方公里准噶尔盆地的沙漠变成绿洲、牧场和千里沃野，在新疆创造1.2亿个就业岗位，使中国3200万个贫困家庭脱贫，实现中西部经济崛起，各国投资者均有红利可得。

● 金持衡

丙申人日梦少陵草堂

浣花溪畔赏春光，人日江城梦草堂。
新绿蕴枝松柏翠，旧红藏叶李桃芳。
闲愁都付亭边竹，心态常随轩外棠。
茅屋秋风余韵在，万千广厦沐朝阳。

王志伟翁伴游华山洽川诸胜

携手寻芳喜气盈，心随故友展游程。
苍龙岭下花含笑，擦耳崖边草寄情。
放眼女泉波弄影，凝神芦荡树鸣莺。
羡君七秩霜容健，直欲凌虚万里行。

王志伟曾任渭南市委书记，渭南诗词学会名誉会长。苍龙岭、擦耳崖为华山胜迹，芦花荡、处女泉是洽川景观。

● 何佩刚

谒山阴路鲁迅故居

韶华还许旧居缘，狭窄楼台接普天。
况代风雷薰傲骨，流光文采灿时贤。
阴沉脚步威仪在，古朴音容品性延。
伟岸平凡终一体，精魂羽化懒长眠。

谒武康路巴金故居

天济斯文逾百年，小园姑可避烽烟。
端擎铁笔头颅固，尽写人间命运全。
暖阁招阳家有幸，书斋塞架客随缘。
洋洋洒洒倾情处，人性攀援向顶巅。

追录答陈其五旧作

若说扬州好，难吟月二分。
天南笳鼓劲，驻马讲雄文。

江南春

情脉脉，恨绵绵。投闲思失误，衰懒舍园田。
百千劫后留词客，十二楼中住散仙。

庆春泽

美陆风光，远邦情味，话长尤难思量。别恨离
愁，从来荡气回肠。今看电视传真技，隔关山对面
端详。教儿郎、新学精研，别了爷娘。　　青春奋
发争优胜，喜良缘巧缔，海外鸳鸯。更买新园，琼
楼玉宇回廊。想尔双宿双飞俊，创平生绩效辉煌。
羡家乡祖辈悠闲，索撰词章。

● 王汉田

鹧鸪天　重访江阴渡江处

1949年随军南下，4月26日从靖江坐小船过江，在江阴上
岸，徒步来到嘉定。六十六年后重访渡江处，望江有感，聊书
所怀。

坐上桑车疾似风，行程百里笑谈中。层楼栋栋
茅棚换，满眼清新万点红。　　犹记昔，下江东。
扁舟渡我险重重。而今天堑长桥架，造福民生不
世功。

醉桃源　狂新城

沪嘉高速浙苏连。琼楼接昊天。满城空翠埽人颜。蓬山青鸟还。　　风馥郁，柳含烟。湖边话谪仙。幸经雨露润花繁。来年花更妍。

霜天晓角　看戏

一声啊苦。听那苏三诉。京剧向来欢喜，看演出、无其数。　　琴箫相伴舞。晃头还拍股。梅派唱腔风格，情投入、期重顾。

● 李枝厚

老不失韵

人老应当有所求，旅途末站续风流。
世间美事多玩味，岁月如诗韵味稠。

垂涎小鱼虾蒸辣椒

少年常捉小鱼欢，辣子清蒸分外鲜。
八四岁经多少宴，每当想起便垂涎。

● 胡树民

感谢枫林吟友关怀

蒙登陋室冒寒来，问候谈心茶一杯。
恭祝猴年开局美，情深似海永铭怀。

捣练子　老伴为我煎中药

晨早起，入厨房，老伴悄然犹在忙。中药味儿香四溢，一腔情愫更芬芳。

征 程

纪念建党九十五周年

悠悠岁月试回眸，辟地开天壮志遒。
惊叹征程多曲折，应思激浪有回流。
群黎戮力险关渡，巨擘引航宏愿酬。
更看前程复兴梦，江山锦绣万花稠。

春韵三题

一、春讯

料峭未知冬已尽，横枝绽绿报佳音。
虽言更岁头增白，新色满窗总觉欣。

二、春雨

细雨丝丝伴风腾，深渗大地润无声。
催生襁褓亿株绿，百变生机水幻成。

三、春芽

一冬寂寞沐初阳，子叶新生吐嫩黄。
张力千钧穿硬土，方知柔弱蕴坚强。

● 黄庆华

西欧双牙行

一、葡萄牙（新韵）

拨云追日起雄飞，欧陆独钟西海陲。
罗卡角岩拥碧浪，贝琳方塔敛金晖。
自由大道夕思远，亘古小街晨梦回。
艳羡蓝天长洁净，秋阳缱绻暖心扉。

上

海

诗

词

二、西班牙

曾记大千逢毕翁，东西绝艺越时空。
卡门斗士英雄曲，弗朗明戈浪漫风。
白屋红薇临地海，皇家绿苑比天宫。
醉心高迪神来笔，圣殿瑰奇化彩虹。

● 董佩君

白洋湖

枯蒿烟水隔，波映远山寒。
翠竹孤村绕，红枫野径残。
寻幽谁耐寂，独钓自清欢。
回看舟横处，临风忆谢安。

临池偶得

平生无别好，独爱翰如烟。
晋韵三秋树，唐风五月莲。
冬晨毫尽醉，夏夜墨犹颠。
未改初心乐，神游颍水边。

贺薪火相传书画展

桂月香飘路，秋光色更浓。
同门求艺趣，道友法师踪。
水墨生烟树，丹青写古松。
江山如画里，落笔尽成峰。

严子陵钓台抒怀

五月富春山竞秀，烟波江上钓台浮。
严光隐迹吟闲日，太白寻踪醉绿洲。
木若高人甘寂寞，泉如雅士尽风流。
云天不负江南雨，两岸春光眼底收。

海

上

诗

潮

33

习书五十年抒怀

少小临池结墨缘，痴迷半百梦魂牵。
蕉风入耳凡心静，竹雨澄怀彻悟玄。
巧出平和神不散，智凭妙趣意无边。
秦风晋韵毫端现，浩瀚如烟广宇连。

● 王义胜

读三国志

锺　会

小人告密为难养，闪闪双眸不可量。
持节军中谗邓艾，嫉才林下杀嵇康。
阴柔害物几成蜮，愚贱违天终乱行。
忽听天公纵声笑，输棋一着是张良。

　　锺会好告密，少小即目光异于常人。愚贱，《中庸》："愚而好自用，贱而好自专。"行，行伍，此指军队。言钟会平蜀，谋叛，激起兵变，为乱军所杀。乱行，《左传》："晋侯之弟扬干乱行于曲梁，魏绛戮其仆。"锺会尝数谋平叛，当时誉为张良。

读晋书

一、孝惠帝

公私诸事问虾蟆，安乐速如昙钵花。
贾后裙裾污绣幄，八王兵骑铤长蛇。
有斯暗昧痴皇帝，可惜丰饶好国家。
饿殍蒿莱徧地是，肉糜何处觅天涯。

二、嵇康

土木形骸去帝京，佯狂林下慎言行。
何能锻铁防奸恶，决意封书绝友生。
天暗正当终日懒，笛横还奏感天情。
至今一部晋书内，常有广陵琴曲声。

三、羊祜

岂有鸩人羊叔子，此言既出即流芳。
轻裘无意开征战，折臂偏能作担当。
生已运筹收建业，死犹堕泪哭襄阳。
北邙帝阙高千仞，那及岘山碑一方。

雁门关感怀

多少诗篇出雁门，身临顿觉血升温。
立碑徒自伤名将，编史谁能罪至尊。
草木有情黄绿染，河山争霸虎龙吞。
兴亡屡见官家换，天悯神州历劫存。

上

雁门关有碑纪念赵国名将李牧，其曾多次抗匈奴，御强秦。
后被赵王冤杀。

龙蛇行

诗

仓颉创字谁创草，此事湮然已难考。
籀篆隶楷相替兴，草书旁生今未夭。
张颠狂草性嗜酒，怀素善草承其后。
醉逞酒力笔如飞，冠绝一代称圣手。

潮

从此相延八百年，墨守前人欠新鲜。
明清二代多才士，重排墨韵出奇篇。
近世纷乱日无宁，书坛沦落呈凋零。
更兼文革坑灰劫，碑残帖毁风泠泠。
尹默已逝问遂老，书坛能草今已少。
沪上书家钱茂生，擅书善画犹守道。
身材虽短不足五，声若洪钟动耳鼓。
心直性爽气轩昂，煌煌万卷腹中储。
改革风开尚拓宽，业大新辟书艺班。
班中少年多俊乂，延聘先生主教坛。
拼桌铺纸看挥毫，提按起倒示吾曹。

柔毫饱蘸淋漓墨，纸上蓦然起波涛。
点如坠石惊四座，画藏屋漏透纸过。
撇能断石止江流，捺似杨妃带醉卧。
疾挟狂风摧古树，徐随春雨润旱土。
疾疾徐徐风雨呼，龙蛇翩翩笔下舞。
款题印押书方毕，一纸顿成和氏璧。
墨未待干争传观，入手不易释手难。
解纷息争重操笔，从容细说书之律。
入帖出帖各有期，贵在坚持志莫移。
浓淡枯湿随势起，美丑巧拙增对比。
草书犹重胆气豪，气韵弥纸品自高。
起收运行锋藏露，执笔无法用有度。
复将长毫纸上挥，手教言传细入微。
一点一划慢示范，指点墨迹析是非。
自言学书数十载，多学勤思习未改。
暑写三伏汗浸衣，寒冰手指书未怠。
上溯晋唐下至今，名家碑帖苦摹临。
长处着意短处弃，琢磨领会溶于心。
言罢捉笔复挥肘，浓墨饱吸笔如斗。
一室静寂悄无言，唯见纸上沙沙走。
手举足移美舞姿，纸上迭出生辉字。
枯润巧拙逞新奇，大小参差尽如意。
墨气淋漓才惊众，腾挪顿挫气如虹。
款行摇曳迷幽梦，笔底长飙八面风。
平生未见天雨粟，今见墨色缤纷天花坠九重。
平生未见鬼神哭，今见点画擒纵平地泣蛟龙。
任情挥洒难拘束，笔管奏彻心之曲。
曲曲阳春调绝俗，满室书生俱叹服。

● 张佐义

诗友聚于南翔因故未能如约

江南春气积，小聚古猗园。
缺阁听花去，临池赏叶翻。
高吟惊四座，未赴愧无言。
漱玉词清丽，禅心亦动幡。

古猗园有缺角亭；池沼遍植莲荷。

悼乡贤天台丁锡满先生

人生真谛有归期，满目冬云雨脚低。
木叶洞庭兼浪泣，帝阍楗额侍君题。
书留泮岸诗留世，艇向螺溪水向西。
遮莫夷犹驾鹤去，一天凄恻鹧鸪啼。

螺溪是乡贤故居，螺溪钓艇是天台八景之一。

莘庄公园赏梅

雨水方过日未斜，小园春色灿流霞。
香浮璎珞惊佳丽，雪满天山落树桠。
和靖诗成人已醉，谈家馆老石堪嗟。
临池正可赏花去，漫向黄昏细品茶。

惊蛰日华师大校友聚饮于宝龙酒家

曾向丽娃河畔行，碧波倩影共潮生。
五年泮水争经席，万里鹏程驾赤鲸。
日月斯须豪杰拭，光辉竞向九州明。
春阴垂野歌欢聚，白首相逢说不平。

海

上

诗

潮

37

● 陈繁华

迎王耕地女史入上海诗词学会

申江艺苑著新梅，林下重提咏絮才。
听雨闻声琴不散，品茶知性笔先开。
处和当展新天地，持正宜登大舞台。
余事会心寻韵律，诗缘可意巧安排。

上海植物园赏月季

晴曦一簇蕊滋萌，浅水柔波物景呈。
碧草闲花春夏接，青枝累叶晓昏横。
韶光遍照何须竞，娇气轻看不必争。
小鸟寻飞来又去，林间悦耳上啼声。

▶ 郁时威

空　门

出自污泥出自洼，身披一袭绿袈裟。
结跏趺坐莲台上，自是空门第一花。

心淡定

曾经梦见便相知，一别瑶池发带丝。
默诵楞严心淡定，荷茶轻呷已成诗。

法　华

芙蕖出水接红霞，蕊见禅心叶结跏。
佛国法华天上物，释迦脚下踏莲花。

参 禅

秋水芙蓉一梗珍，参禅趺坐素心纯。
清风梵语沙沙叶，吹落莲花见佛身。

不败花

一片红霞雾半遮，群氓膜拜日西斜。
神仙栽下瑶池种，愿作千年不败花。

● 邵益山

枯 荷

独立枯荷不忍看，天生万物有蜉蝤？
人前亦唱鼓盆曲，临事谁从庄子言。

闲 坐

闲坐无聊摸酒瓶，也曾一醉做刘伶。
顾郎风雨干卿事，严子纶竿动帝庭。
万物谁言皆备我，一生自许是流萤。
天涯若肯收魂魄，不羡青莲捉落星。

顾郎者，明季东林党领袖顾宪成也。

初中同学毕业五十年后重聚得一绝一律

一

一声同学越青春，皓首盈厅没稚真。
未有班头召集令，重逢尽是陌生人。

二

依稀认得旧时音，再拍肩兮七十临。
桌下偷看锦毛鼠，课间争闹野猪林。
那年糗事翻肠出，此刻秋风和酒吟。
白首重逢堪一醉，千金买得几回斟。

水调歌头

2005 年 12 月初，我和许家树兄冒着严寒徒步翻越徽杭古道，距今已十年矣。

老许可曾忘，古道啸西风。一锅羊肉豪啖，冷屋铁衾雄。百里羊肠危道，蛇卧徽南浙北，但见鸟飞冲。两半老痴汉，嘻笑过险峰。 十年里，多少事，可清空。多情岁月，何必来去太匆匆。不问儿孙钞票，只说诗书字画，其乐也融融。再订十年约，游遍大江东。

● 廖金碧

咏贝壳

散落沙滩非自为，残身风骨甚卑微。
美人拥抱窗台立，听得涛声去复归。

落 叶

秋老梧桐一夜黄，随风撩落叹苍凉。
履霜青女无言语，捡起忧伤是泪光。

华清池漫感

泉涌情缘宠玉环，明皇贪恋瘦江山。
马嵬魂断风流事，天意从来非偶然。

壶口瀑布

昆仑九派贯江天，纵马奔腾卷浪烟。
飙起豪歌千里远，一壶倾出是心泉。

西安碑林

碑石如林瑰宝藏，名家远誉透时光。
眼随墨迹思刘汉，手摸刀痕刻李唐。
隶篆金文犹古朴，魏风晋骨更端庄。
行云流水寄深意，醉了天长醉八方。

● 金嗣水

小巷（新韵）

壁立高墙窄路伸，露凝石板长苔痕。
幽思最是江南雨，小巷深深撑伞人。

互联网（新韵）

网络互联来往频，鼠标漫点地球村。
但凭方寸揽天下，万里之遥鸡犬闻。

草原日出

草原广袤夜茫茫，月落星稀露曙光。
遥望天边桔红染，一群奔马向朝阳。

习马会

智谋大业雁书传，互道先生胜古贤。
习习金风吹暖意，萧萧骏马自扬鞭。
星洲一握汗青照，樽酒三巡心路联。
祈福龙人子孙梦，汉唐气象再延绵。

● 汤　敏

浣溪沙　上海小吃

一、蟹壳黄

　　渐起西风蟹脚慌，横行一世意猖狂。投生炉饼壳金黄。　　公子无肠留盾甲，将军失足愈风光。芝麻点得面皮香。

　　蟹壳黄，杯口大小的烤饼，外脆里绵，色泽金黄，白糖裹心，芝麻点香，上海知名小吃。

二、生煎馒头

　　熙攘摊前队伍长，葱花纷撒水油铛，恰时掀盖半街香。　　最爱那层黄脆底，犹欢这味雪肥囊。清晨一碟暖饥肠。

　　生煎馒头，生发面做成小包子，即入平底锅，用油煎熟。白白胖胖，小巧玲珑，底焦黄，肉馅香。上海人喜爱的早点。

三、酒酿圆子

　　一碗珍珠白玉羹，西施梦里浣纱行。江风醉了桂花声。　　散落瑶池千斛蜜，来调玉勺万般馨。清甜欲罢未能停。

　　酒酿圆子，上海人常在宴酣时上的一道甜点，以其柔情蜜意的特点，深受女士们的青睐。洁白如雪、珍珠般的小圆子，软糯可口；游荡在羹汤里、碎玉般的酒酿江米，醉人心脾。舀上一勺，甜美幸福感油然而生。

四、春卷

　　湿面柔团绕掌旋，雪衣飞帛薄如宣，田蔬锦绣会三鲜。　　脆卷焕妆牵指动，涅槃包裹响油煎，欢天喜地唱春天。

　　春卷，上海的大街小巷常见的点心。一团湿面在制面皮人手中旋转不止，落入热铛上，霎那间，一张白如雪、薄如宣的春卷皮子便成了。将切成丝状的蔬菜、菌菇、冬笋和肉丝，调味上浆烩熟为馅料，面皮卷成长条包裹，入油煎炸而成。春节临近，家宴上买回皮子自制春卷，以讨迎春口彩。

五、南翔小笼

古镇小笼饶有名，闻香白鹤舞娉婷。玲珑偏锁独家赢。　　翘指拈来裙褶叠，拢芳卧席沸云蒸。阳光滋味满华亭。

南翔小笼，起源于上海嘉定南翔，千年古镇百年滋味，有白鹤传说。小笼包竹笼蒸点，皮薄透亮，精致美味。轻轻咬破，春光乍涌。

● 史济民

顾村公园赏樱

揉碎朝霞洒万枝，千株白雪著冰姿。
满襟花雨人如醉，踯躅林中不觉痴。

纪念中国共产党建党九十五周年

枪林弹雨是英豪，百万牺牲志未销。
换地改天掀巨变，鼎新革故起狂飙。
我虽耄耋余慷慨，党正年轻图赶超。
举手不忘誓言在，红旗心里永高飘。

与诸友游宁波未能回故乡憾书

一离故土入红尘，岁月匆匆若断云。
拄杖环望山郁郁，凭窗伫对雨纷纷。
豪情曾立万千丈，大志未成三二分。
罕有微功报乡梓，心如赤子尚殷殷。

再别翚岭

山势飞腾入翠冥，凝眸不觉泪如星。
头颅早已九分白，岭壑依然一派青。
杨柳哪堪愁里看，子规未忍醉中听。
于今拍摄雄姿后，他日杖藜观画屏。

水调歌头　游醉白池与松江诗友联谊留吟

　　胜地慕名久，今日愿终酬。谷阳园内佳绝，秋色豁青眸。古木葱茏蔽日，曲径蜿蜒廻阁，风送桂香幽。池碧举荷叶，石白映泉流。　　携居士，邀二陆，事清游。盈樽美酒同醉，惬意尽悠悠。两地骚人联袂，千载诗心相共，跃跃起长讴。回看云间处，渺渺正高秋。

● 祁冠忠

出　航

　　海轮开出港，穿雾破迷茫。
　　畅饮三杯酒，江洋任我航。

夜　泊

　　夜泊福姜沙，风平无浪花。
　　不知云里月，何日照归舱。

　　福姜沙，是长江航行中的一段水域，航道窄浅，待潮水涨足时万吨轮方能通过，如遇枯水季节等的时间则更长。

枕　涛

　　心同流水静，身与浪花轻。
　　卧对舷窗月，微闻远笛声。

海嫂二首

一

　　寒夜孤灯下，娇儿梦正甜。
　　船行千里外，相思泪涟涟。

海阔风涛急，波澄水浴秋。
夫君何处在，明月照船头。

● 袁定璇

瞻仰弋阳方志敏纪念馆

创业艰难意志坚，清贫洁白照云天。
戎衣一袭魂犹在，红色基因代代传。

赣闽道上

路转峰回风水关，千村万户似棋盘。
当年风展红旗处，翠竹苍松见肝胆。

祝贺屠呦呦荣获诺贝尔奖

世颂神农尝百草，鹿鸣科苑试青蒿。
潜心探索融古今，造福全球岂惮劳。

● 蔡国华

西 塘

千年古镇冠江南，一境西塘胜晓岚。
轻楫徐徐划倒影，蜻蜓款款点如蓝。

诉衷情 夫人住院

孤枕昏灯长夜静，想来惊。眉锁紧，强忍。诊
分明，何处雨篷声，轻轻。披衣霞未生。念卿情。

海

上

诗

潮

最高楼　编撰律词谱

经年学，尊拜凤生师，唐宋律词思。遨游沧海难为水。春秋交替忘何时。苦求真，无懈怠，奋蹄驰。　　君莫问、垫椅几回换，请莫问、指敲几回键。百回折、几成痴。山花长野无人问，懂花只恐后樵知。笑书号，金似贵，想来悲。

● 张宗廉

说养生

满城总见养生堂，攘攘熙熙拼命忙。
皆信有钱可延寿，谁知寡欲乃良方。
省时省力省心计，凭智凭仁凭自强。
率性简单度日月，惠而不费乐安康。

怀旧寄姚兄长胜与徐姊美英伉俪

少年同学何荣幸，仙侣天成姚与徐。
贤父兄欣佳子弟，新才情自老诗书。
鲲鹏志气空怀抱，桃李修为愧不如。
咏絮句曾惊五内，白头今尚梦当初。

水龙吟　说心学

高谈唯物唯心，纷纭众说谁真识？原为一体，不须轩轾，休分白黑。花未见时，寂然若失，孰知其色。看物虽自在，亦关人意，岂能免、心之力。

解读阳明悟道，致良知、治心治国。我观如是，心思转变，何求不得。确有良心，诚存至理，严防腐蚀。要心安情洽，知行合一，破心中贼。

[附]唯物唯心辨：唯心不对，错在无物；唯物岂是？非在无心。二者皆谬，其谬在"唯"；对立统一，不可分离。互相转化，复成彼此；厚此薄彼，枉费心机。

晚至西林禅寺试茶

入寺空无客，金风日暮轻。
佛堂沾雨露，经塔仰峥嵘。
啜茗小僧奉，绕香灵气生。
诗朋偶良聚，闲坐话吟声。

偶游复兴公园

百年园圃，久未至此，一晃数十载过矣。今路经，兴来一游，匝地树影，满眼刺红，顿生慨然，乃赋一律记之。

信步浓阴下，鸿梧已百年。
短墙围叠石，浅草沐飞泉。
蔓绿迎风挂，霞红醉蝶翩。
薇丛欲勾客，老圃更流连。

竹节海棠

斑叶春繁节节攀，风前舞翠弄多般。
逢人还欲施纤媚，尽用胭脂画玉颜。

秋日与友饮啜思故

别久欣逢未改颜，功成慨慕更心闲。
情长昔日思几许，皆在茗香吟味间。

游莫氏庄园

江南大宅筑墙围，隆富曾闻八面威。
礼落豪门建云浦，堂悬名迹写春晖。
绮纹棂内宾联句，瘦石池边桂映扉。
朱槛今来遍萧寂，日斜行看客尤稀。

● 夏建萍

栀子花二首

一

生前天妒占芳华，误落人间处处家。
巷陌声声听叫卖，洁身又断几枝杈。

二

临风摇曳自冰清，栀子花开总系情。
赠与馨香韧翠袖，低眉暗语已分明。

冬日午后

阴阴午后起微凉，远近无人道路长。
败叶随风平地转，枯枝经雨竹篱藏。
心中得句琳琅玉，笔底生化翡翠璋。
偶尔时光闲处过，不知向晚近斜阳。

雪夜看梅

雪夜梅花吐未迟，吟魂独留月升时。
映阶疏影花枝动，入纬暗香弱步移。
白鹤芸窗应有梦，青鸾锦帐岂无思。
芬芳已报春消息，一盏清茶再课诗。

● 黄福海

读徐君惠赠白蕉诗册

昌黎性好古，不以新为贵。
忽见秦猎碣，滂沱下涕泪。
遂诋羲之俗，直云趁姿媚。
我谓此言疏，通倪恨曾未。

上

海

诗

词

篆籀诚风雅，真隶亦秀粹。
质文经三变，媸妍难比类。
融斋论执中，韵力得兼备。
韵高息众向，力健峰石坠。
虽非鸾凤翔，丹霞何蓊蔚。
今览复翁卷，风致差连辔。
尺牍诗书画，旬月承三馈。
绮窗移日景，秋园殚百卉。
遥思光复后，几番荣与悴。
北碑方问鼎，南帖沉鼓吹。
翁书多兰馥，君默饶趣味。
散耳天纵笔，一纸扶桑醉。
千载已悬隔，东西分泾渭。
幸有兰亭辩，暂消风烟累。
泊此浮野马，云水何沸沸。
空馀汉梁苑，兰苕集翡翠。
泼墨动数尺，形在神已匮。
题赠唯摘句，何尝辨经纬。
息心归自省，求名争如睡。
扶头枕书翰，庶可素其位。

● 田宁疆

元旦感时

谁仍击铗怨无车，爆买东瀛豪掷奢。
霾雾尽驱当戮力，欢歌有日反弹琵。

题雪覆荷塘

不吝扬扬飞雪盈，乾坤朗朗覆晶莹。
诗人莫叹秋芳逝，不见生机暗发萌。

● 王　惠

临江仙　中秋山中望月

翠嶂连天山远大，碧空月色千重。陇头桂雨幻空蒙。蛩吟篱落外，夜蔼有无中。　　归梦无心分两地，更听一树秋风。离愁初浅睡时浓。江南千里好，沈醉几人同。

青玉案　春晚

江南四月消息少。暮雨骤、青梅小，草树蒙茸香气袅。晚庭深许，落花声悄，芳径无人扫。　　夜来细数人间扰，飞絮无端惹人恼。岁事纷纷何处了，一弯流水，几支兰棹，游过春山墺。

● 杨毓娟

一剪梅　弹奏平沙落雁

秋老寒潭几处家。暮霭山沉，雁落平沙。江天一抹两三行，又是潇湘，萍水生涯。　　梦里蒹葭旧日斜，卿自归来，不管云遮。晚来待得醉疏狂，把盏陶公，共酌黄花。

一剪梅　弹奏阳关三叠

一曲西窗又素弦。指下情长，三叠阳关。缓弹低唱右丞词，别了荼蘼，画角声残。　　无限离愁人未眠。遥送书翰，折柳门前。长亭钩月寄黄昏，短笛虚鸣，又是花笺。

上　海　诗　词

临江仙　哭丁锡满恩师和鹏举原韵

摇落西风碧树，一朝解脱红尘。缘何岁末雨纷纷？书生真本色，富贵若浮云。　　哭吊文章太守，几番立雪程门。天台明月迓归人。伤麟嗟凤日，彩笔再无文。

江城子　送萧丁先生还山

读陈鹏举《一个诚实的读书人还是走了》诔文

人生哪可问归期，草离离，意凄迷，世事难知，聚散两依依。故里隋梅着花未？人去也，鸟空啼。　　送君今日倍嘘唏，枕清溪，卧云霓。夫子还山，身作护春泥。若是天台逢道济，浮大白，话禅机。

追思丁公锡满师长叠韵二首

一

凄绝寒街几失声，轸怀嘉德与才名。
提携后进曾垂海，仰止高山总有情。
长秉笔耕歌赤县，更将文思系苍生。
公今驾鹤天台去，遗墨重温感至诚。

二

紧随时代铸心声，玉振铿然海内名。
健笔如凝金石韵，华章饱蘸庶民情。
宗师雅道臻高境，夙学儒风励后生。
已为联坛标德范，当教志士共精诚。

深切悼念宗师田遨前辈

每聆垂诲到欣园，受益良多是至言。
蒙赐绮章挥彩笔，更施红雨润清源。
如无涨海前潮引，哪有冲滩后浪掀。
惊悉宗师乘鹤驾，怆然顿觉失春暄。

欣园，田遨老前辈家住欣园新村；颔联，指田老为我《清源集》作序；田老书斋名"红雨轩"，我字清源。

春日赏桃花偶得

一

喜趁阳春悄放芽，好随时令秀奇葩。
芳连紫陌车如水，艳傍青空影幻霞。
有赖社区添景致，无须道士种桃花。
多情最数嬉游客，边弄相机边自夸。

二

入眼缤纷气韵华，几疑天女驻仙槎。
未容崔护圆痴梦，终叹渔郎是傻瓜。
碧水漂魂辞野陌，红颜褪色落谁家。
倘无夸父遗其杖，焉得邓林能媲霞。

● 王伟民

次韵姜玉峰先生南汇嘴口占

一片汪洋尽望中，长桥港岛影朦胧。
心胸顿觉海般阔，久立欣迎雄健风。

次韵姚国仪先生溪山

重到溪山慰蝶魂，茫然畴昔可留痕。
鸣禽犹识旧时客，飞絮怎知何处根。
踏遍云中荒野路，寻来竹里友人门。
衷情互诉即为快，不必肴盘与酒樽。

● 季肇伟

八声甘州　观京剧赤壁祭江

怅惊涛怒浪拍危崖，赤壁汛潮狂。恸青州子弟，貔貅百万，血染长江。鏖斗曹军麾下，烈焰灭艨艟。惊魇春闺梦，赤子儿郎。　　嘶战葬身火海，遍怨魂皆是，后胄炎黄。问中原逐鹿，尽败寇成王。奈何时，四荒遗骨，竟几人，贻祸策愆殃。空相忆，恁凭吊处，谇我民殇。

添字采桑子　雅庐书场

评弹书苑高风雅，曲沁兰馨，心叩魂馨，软语吴浓，一曲可堪听。　　玉葱纤指频撩拨，融澹幽清，激浊扬清。褒贬忠奸，功罪断分明。

● 汪　政

病中忆复旦

昨夜情回复旦园，荷塘夜色似从前。
琼苞待绽心欲醉，翠盖欲合蛙不眠。
阵阵好风掀柳浪，依依佳偶眺云天。
我诚燕雀无鸿志，比翼流连菡萏烟。

丙申情人节戏作

相爱何难相守难，溘然露水誓盟残。
暂逢绝色君莫舞，屡丧倾城予所欢。
珠佩淫虹江女幻，铜驼诡雾汜人瞒。
若得朝暮如初见，同去千年对广寒。

海

上

诗

潮

路伟兄甄鉴天一阁藏沈复灿钞本

琅嬛文集校理刊行学林大震吟以贺之
天一阁内启云烟，不负霞西待后贤。
志在龙威穿禹窦，神托骏逸献蟫编。
陶庵魂笑九重壤，石匮尘掸三百年。
何必张华玉京梦，洞天全璧照琅嬛。

与友人夜游枫桥

张生落第传佳构，我辈因知古刹名。
劣酒何能爽人口，红绡却可动予情。
一泓秋水枫桥梦，四际清飙淡月盟。
但望余生伴卿老，他时再醉虎丘城。

乙未始禁爆竹除夜感怀

未来憔悴若先知，谁不浪形除夜时。
年味淡兮终有味，情思邈矣竟何思。
乐随焰火爆竹禁，笑去朱颜青鬓姿。
为感新春乏新事，明朝检韵甫学诗。

● 常瑛玮

采　兰

为采泽下兰，孤舟过白水。
芜秽幻幽姿，绵延万余里。
极目蔽浮云，横棹空徒倚。
须臾浪接天，风摇不能止。
怆然疑绝境，雨过霞奇绮。
白驹絷青山，芳馨出涧底。
折兮遗所思，欣然忘世累。

访故人不遇

驱驰家山里，目极接天涯。
悠悠望所思，群岭几人家。
白云出虚牖，蜓飞日影斜。
故人不复见，疏篱迹未赊。
沉吟未能去，门前多落花。

感　怀

轩外一玄鸟，奋飞何所之。
西园春花发，择木当栖迟。
何以思高标，前方多路岐。
不见华胥国，嘉梦未可期。
夙夜风多露，驱驰恐沾衣。

● 陈吉超

道一声珍重

轻压双腮雪，凝眸望石岩。
离殇多落泪，珍重已杨帆。
一笛清风后，三莲素手衔。
几声微颤影，风举霓衣衫。

采桑子　荷池

清风过往荷池岸，铺叶书函。牵我红衫，林里
烟成渐笼杉。　　云头期盼君来伴，站上青岩。待
月西衔，共舞欢颜君莫缄。

一剪梅　门

　　浪漫山花也赏君，风雨中开，却欲缤纷。对花若是为思人，花落清香，愿入红尘。　　能伴一生乐感神，许我今生，日日如春。问君若懂我心陈，苦乐真源，又管何门。

浣溪沙　上海田子坊

　　五月坊间落碧霄，熙熙攘攘客如潮。绸衫拾翠语声娇。　　街拍芳颜留迹影，旧楼青瓦望墙雕。缘来总是你难料。

● 刘喜成

沪上秋怀

　　两地诗花爱几何，逢秋无悔忆风磨。
　　闲吟黑土书千卷，陶醉清江雨一蓑。
　　日煮繁星新句醉，魂归泉路故人多。
　　乡愁可寄情怀远，黄浦枫红引我歌。

望　乡

　　几曾北望又长嗟，一抹秋云日影斜。
　　心寄高天存浩气，情牵钻塔染飞花。
　　应知别后风摇柳，当醉楼前竹抱霞。
　　恨我年年归不得，梦中常品大甜瓜。

苏幕遮　家

　　暖寒风，牵日笑。一抹霞光，儿女归来眺。满屋清心何怕闹，四季来歌，挥笔江山小。　　月当圆，心耐老。梦怀繁花，常把孙儿抱。春晚推杯情不了，祝福平安，茶淡当呼好。

● 纪少华

临江仙　湖边

　　淼淼湖边秋入梦，月光收满杯中。浪花开谢莫言空。千山描旧影，一鸟画新踪。　　潮落潮升今古事，几多真假英雄。残阳隐处水流东。悬钩非钓誉，看淡雨和风。

● 卞爱生

最后之军礼

　　硝烟高谊结松风，囹圄弥坚俩桎翁。
　　将帅正言文景策，死生明义士民崇。
　　古来请命孰安吉？世上附炎何足充。
　　军礼起时涑雨骤，苍天鉴悯泣英雄。

　　中将罗舜初拒批彭帅，由此受累。某日罗于医院疗伤，闻彭帅将从对面楼道经过，将军在寒风中等候良久。当彭帅在狱卒押解下出现时，战友的目光终于对接，将军对元帅致以最后的军礼。

● 刘振华

禁放有感

一

　　沪上禁燃放，耄翁喜若狂。
　　文明添羽翼，习俗换新装。
　　黄鸟枝头唱，吟鞭正气扬。
　　人间多少事，变革育辉煌。

二

　　百姓遵禁令，金猴送吉祥。
　　迎来环内静，节日乐安康。
　　风俗随时进，文明展翅翔。
　　齐圆中国梦，不负好时光。

● 王永明

燕子楼

总道彭城远，横陈汴泗流。
人传刘项事，史载汉唐愁。
秋水虞姬泪，春风燕子楼。
多情谁共我，偶尔一回眸。

苏州河畔迎春花

十里苏河日日新，短芽嫩叶欲成茵。
黄花惹眼非秋色，一夜东风又报春。

沁园春 2016年三八节示内

结伴人生，执子前行，蓦地桑榆。有薄薪糊口，粗精不拒；葛衣蔽体，冷暖休吁。永啸蜗居，长吟陋室，敢笑神仙亦羡吾。该应是，能相濡以沫，不忘江湖。   流年细数何如? 曾几度冰心出玉壶。忆狂飙年代，君其飒爽；蹉跎岁月，我亦刚疏。百味曾尝，顽躯尚在，留得乌眸看卷舒。逢三八，制新词一首，赠予妻孥。

● 贺乃文

南京大屠杀申遗成功

屠城惨祸莫能忘，卅万冤魂饮恨长。
血沃金陵天失色，民罹浩劫日无光。
申遗可作千秋鉴，儆后须羁四岛狼。
永偃戎兵何计是，歼除右翼洽民望。

"四岛"，日本主要由北海道、本州、四国和九州四个大岛组成其百分之九十六的领土面积。

长沙谒贾太傅祠

太平街上有祠堂，黛瓦鳞差覆粉墙。
古井苔阶怀瘦影，小亭石榻卧秋凉。
过秦宏论钦深识，赋鵩孤愁入素章。
宣室虚邀堪一哭，汉文召对事乖方。

古井、小亭，指贾太傅祠内之长怀井和秋风亭。

长沙太平街

流水光阴去已遥，粉墙黛瓦仿前朝。
路铺麻石人徐步，风展幡旗店远招。
贾傅祠堂清气足，潭王宅邸古风饶。
宫灯影里繁华梦，依旧雍容未损消。

潭王，朱元璋第八子朱梓封潭王，官长沙，宅邸在此。

感甲午海战殉职之致远舰全体将士

光绪帝挽邓世昌联："此日漫挥天下泪，有公足壮海军威。"

甲午风云百廿年，至今回首欲潸然。
岛夷凶逞豺狼咥，管带勇将戎旆搴。
生把贞心倾海戍，死濡碧血写青编。
魂兮归享千秋祭，忠烈光同赫日悬。

青编，借指史籍。南朝梁简文帝《长沙宣武王北凉州庙碑》
"功书绿字，事烛青编。"陆游《读史有感》"读尽青编窗日晚，一
樽聊复吊兴亡。"

临江仙　伫望黄河

伫立秋风舒望目，滔滔直下银潢。奔雷千里震
穹苍。一泓流乳汁，万代渥炎黄。　列祖列宗功
不丕，肇开舜土尧疆。百年屈辱泪沾裳。病夫今抖
擞，不复旧颓唐。

● 袁人瑞

奉和国仪先生

八卦炉逃一老猴，投荒觅路雨风稠。
居然挣脱紧箍咒，万里归来放客舟。

自 道

说道谈玄万事空，行年何必叹穷通。
曾经尘世多番变，难遇花期百日红。
草木逢春随意碧，性灵得句自然工。
吟成诗赋三千首，也算精神是富翁。

● 贾立夫

送别阎肃

军中六十年，老马自扬鞭。
举笔生灵秀，豪情化管弦。
双坛呈美璧，光焰史宏篇。
长啸千秋业，云间也是仙。

"双坛"，阎肃在剧坛和词坛笔耕勤奋，作品出色，功业卓越。

听书有感

剑影刀光嘶战马，胡笳羌笛泣寒沙。
中华代代春秋梦，血雨纷纷未有涯。
泪落歔欷叹乱世，激昂拍案斥昏鸦。
风流霸业今安在，冷月蒿莱对冢花。

台湾纪游

日月双潭浪奏琴，龙舟载我我微吟。
红霞朵朵浮春水，白鹭翩翩绕秀林。

海峡飞虹迎远客，玉山含笑结知音。
忽闻谁唱长城曲，热泪滂沱两岸心。

山乡行吟

屋后山花竞吐英，檐前阡陌草盈盈。
粉墙黛瓦迎新客，古树清流展盛情。
一碗土鸡香又嫩，几杯米酒眼更明。
兴来长啸登高去，且喜斜阳伴我行。

西江月　回家

身驮云中银燕，心驰梦里家园。依稀往事若云烟，最忆乡情一片。　　春日山坡采橘，秋来湖畔收莲。当年慈母正华年，夜夜歌谣不倦。

● 秦史轶

春日郊游三章

一

云外连三故燕归，初垂园柳拂斜晖。
游人去后梨花白，恰与春风一处飞。

二

生如羁客旅风尘，阴晴转瞬一时新。
躬身酹酒土中客，莫说坟前乏后人。

三

雨细风轻俱出行，鹁鸪声里又清明。
驾车哪晓堵车苦，纷往顾村看紫樱。

读李清照集笺注

断肠人读声声慢，曾几何时在眼前。
文革十年家国事，心如刀绞泪如泉。

乙未中秋寄诗友

举杯邀月述衷肠，万象腾飞龙虎骧。
天有神舟巡盛景，海凭航母戍边疆。
家宁铭记侵凌恨，国富休忘折翅伤。
他日金瓯圆梦日，九州封禅祭炎黄。

偕众诗友昆山千灯古镇采风

三桥邀月绕秦峰，宝塔巍然禅寺中。
悲阁仰观金贴佛，戏台偶遇演惊梦。
悠悠敬意亭林墓，脉脉思怀贞孝宫。
回首兴亡千古事，水流日落两成空。

沙龙论诗见闻

老花眼镜白头翁，驼背阿婆耳半聋。
香茗腾腾杯溢馥，吟哦朗朗颊翻红。
诗文自诩刘宾客，政见浑然太史公。
忧盛忧衰怜社稷，夕阳底下趣无穷。

乙未仲冬雅聚打浦桥顺丰酒楼

别来几度梦南塘，桃李莘莘沐夕阳。
揽胜采风生雅韵，吟荷咏絮赋华章。
歌筵丰盛人终散，友谊经秋茶不凉。
重聚已然诗句妙，篇篇尽染鬓间霜。

上

海

诗

词

● 周洪伟

谒武肃王陵墓

临安古迹历烟尘，草木披荣又一春。
保境安民弭兵火，五王三世肯称臣。

咏李商隐

知遇令狐教逸群，无常祸福诉谁人。
郑笺难索传千古，情累党争催酒醇。

八五届师生卅年后重聚席上相赠

师生缘结赖书媒，三十箭驰巅已灰。
日月清明先额手，身心康泰再倾杯。
盛名不与天年共，美貌难违衰病陪。
比下有馀安是福，知常守分绝愁哀。

菩萨蛮

茫茫戈壁丝绸路，沙山时洒驼铃雨。锡杖走阳
关，世尊崖壁镌。　　莫高千佛洞，百代飞天梦。
向善礼敦煌，古城披佛光。

● 虞通达

习马会

域外纷纷播好音，炎黄后胄泪盈巾。
披荆斩棘振兴志，填海补天倾力人。
欣见成渠来活水，犹期连锁启关津。
升恒国运须同铸，再织中华锦绣春。

海

上

诗

潮

悼念王瑜孙先生

王瑜孙老登遐吾未及知，错过最后一面。憾！惟有以诗追悼之，兼怀华兴十老。

一

大雅凋零救未迟，当年十老抱盟时。
曾持冰雪松筠操，更有东风桃李诗。
春草几争上阶绿，秋花数凸傲霜姿。
要除伪体修真果，忍土金轮是我师。

二

忧患云天诗哲心，莳花刈草去来频。
卅年淬砺青萍锐，一世奔波绛帐亲。
疏理旁门剔陈腐，弘扬传统立清新。
素衷不泯华兴旺，十老犹巡要路津。

"十老抱盟"，十老创办十老诗会，华兴前身。"忍土金轮"，王瑜孙老字忍庵，故以忍土称之；"金轮"，佛教法器。"素衷不泯"，瑜老有"结社当年鉴素衷……披襟唱彻大江东"诗句。

悼　父

一

霾压申城久不开，隆冬岵岭响惊雷。
才迎新岁观新景，何意夜阑趋夜台。
当日仁恩浑不觉，此时慈爱唤难回。
期颐祝嘏差三载，风树皋鱼几度哀。

二

金乌玉兔驭流波，鸿爪印痕终不磨。
身历三朝遗恨长，躬逢胜代感恩多。
过庭训我追星马，拎耳泥他承重驼。
本色家风未宜绝，聊将哀绪付吟哦。

"风树皋鱼"，《韩诗外传》卷九载，孔子出行，见皋鱼哭于道，停车问之，皋鱼曰："树欲静而风不止，子欲养而亲不待。""三朝"，指北洋、民国、敌伪。

64

● 黄汉卿

偶谒南岳忠烈祠

一

漫行失路入祠中，如血山花怵目红。

魂梦依稀曾到此，柳营青帐马嘶风。

二

墙上英名如旧识，祠门痴立意何懔。

如临跃马横刀地，风卷松涛炮震穹。

三

底事归来痴若疯，声声喊杀梦号中。

倘如真有前生事，我是沙场一鬼雄。

登孔望山有感

登临夫子久矣哉，时隔千年我亦来。

天未桑田沧海变，世何苍狗白云徊。

物宜其动宽而治，民具尔瞻礼后财。

阅尽历代兴废事，孔望望孔两疑猜。

江苏连云港有孔望山，相传孔子曾经登临望海，故名。现山顶有孔子石雕像。"物宜其动"，《孝经》唐玄宗注"制作事业，动得物宜，则可法也"；"宽而治"，《孝经》"圣人……其政不严而治"；"民具尔瞻"，《诗经》"赫赫师尹，民具尔瞻。""礼后财"，《礼记》"先礼后财，则民作敬让而不争"。

读双照楼诗词稿

卿本佳人何作贼，分明负了少年头。

高才名炫云千尺，大节义亏泥一抔。

泣路悲丝明训在，丧身辱国秽声留。

决波东海滔滔水，难洗斯人万古羞。

《双照楼诗词稿》，汪精卫著。国民党元老吴敬恒缠责汪叛国投敌语"卿本佳人，奈何作贼。"汪早年行刺清摄政王，事败被逮，作狱中诗："慷慨过燕市，从容作楚囚，引刀成一快，不负少年头。"

● 孙晓飞

题窗冰花

昨夜仙娥偷落泪，入风漩作水晶花。
寒空似有藤牵引，攀上玻璃窥万家。

踏　春

石苔暖色共潮生，细蕊抛香疏影横。
风过拱桥深浅路，吹来笑语两三声。

老友重逢

夜阑风静水微凉，小聚龙吟白月光。
抬袖欣逢灯下影，择言悄饰眼中伤。
当时年少锋芒露，此刻情深故事藏。
未敢轻商明日计，只夸杯底蕴清香。

临江仙　看戏

　　帘幕拉开迎主角，舞台戏曲纷呈。五花脸谱绎人生。忠奸贫富，一世为何争？　　不到剧终难醒悟，醒时已误柔情。寒侵座上瘦身形。依稀辨得，叹息两三声。

苏幕遮　梦江南

　　结云山，裁蕊树。烟雨江南，烟雨江南路。水映楼台相对伫。油伞风倾，油伞风倾述。　　袖侵寒，眉锁绪。浪拍孤帆，浪拍孤帆去。难料归程伤寄语。折柳抛愁，折柳抛愁絮。

● 李文庆

为老知青聚会而作

一

一别双亲不计年，村溪春绿影娟娟。
板桥相唤锄晨岭，茅舍时望炊夕烟。
荒漠曾栽戈壁柳，孤云遥看雪山莲。
故园重聚惊霜鬓，手茧互摩思万千。

二

重到山乡景色鲜，凝眸伫望忆华年。
晓窗花放知青屋，夕照歌回碧野天。
岁月留痕凝汗滴，芳菲入梦采荷莲。
霜繁两鬓莫嗟叹，曾赋三分一亩田。

三

依稀仍在雨中田，草舍桃花依旧鲜。
十里稻香凝汗水，一溪月色送流年。
夜温课本伴灯火，晓汲寒塘听杜鹃。
白首沪江思父老，凭风遥祝共新天。

清平乐　上海迪士尼乐园

纷烦如织，尘事匆匆急。梦里逍遥无片刻，何
处桃源觅？　　东风亦解人忧，携来海上春洲。醉
入蓬瀛仙境，歌飞心放神游。

● 张忠梅

听药学家屠呦呦诺奖演讲

似听呦呦鸣鹿声，飞传天下响铮铮。
青蒿漫野茫茫碧，民瘼萦怀耿耿盈。

研得良方千次试，炼成灵药万人生。
感恩沃土呈珍宝，大爱无疆华夏情。

观女书法家张爱萍在全国比赛中获奖作品

案头兰帖沐晴阳，辉映淮涛锦绣章。
耘墨随心腾细浪，挥毫流韵散清香。
风吟柳舞蕴灵秀，云卷霞舒织彩行。
玉质芳姿惹人羡，婷婷袅袅出都梁。

都梁，江苏盱眙县别称，因盛产都梁香草而得名。

浣溪沙　寒食清明怀介子推

三月薰风绿禹城，枝头莺燕语嘤嘤。声声唱和唤清明。　　介子绵山留古训，丹书字里蕴真情。一双木屐伴君行。

● 高　刚

参观敦煌艺术展二首

一

眼前惊愕越千年，大漠飞崖遗幻篇。
莫窟绝伦崇释佛，驼铃艰涩忆张骞。
梵高画法不谋合，藏卷粉金如昨研。
且谢敦煌意先到，明朝一马放沙田。

二

总叹于今乏后贤，不知贤影跃身前。
大师护宝累今世，达祖悟禅唯九年。
壁上画图沾透汗，洞中天地炼成仙。
国之衰盛宝衰盛，难得栋梁支柱天。

海棠三曲步红楼梦海棠诗韵

初 曲
海棠芳号取仙门，贵态妙姿何限盆。
红晕微微呈姣色，粉苞点点孕春魂。
生机勃动梦憧憬，窦意萌开戏月痕。
满树蕾芽时不待，扬蹄奋力赶晨昏。

中 曲
畅风一夜破春门，瓢舀丽光储入盆。
清晓绽开千朵艳，暖阳扶出百娇魂。
杨妃轻笑启樱口，赵燕曼旋洒粉痕。
得意时辰金不换，自吟自酌醉黄昏。

尾 曲
精彩归来欲掩门，且将旧事葬苔盆。
游人休悯半枯瓣，青干犹存不死魂。
无意匆匆难解物，有心处处已留痕。
何须生命论长短，明灭自如由晓昏。

● 刘绪恒

旅途风景四首

一、迎春花答客问（偷春格）
簇簇金花垂岸延，翩翩翠鸟哢枝前。
寒梅看尽汝初发，胡不翻然博一先。
渠报瑞光春半醒，侬携秀色景团圆。
羞为墨客呻吟物，天赐清明谋种田。

二、竹林侧畔看桃树花开
雨打竹林风拔枝，恰逢桃树发花时。
新篁款款青春色，幼蕾婷婷少女姿。
窈窕华颜红怯怯，泠泠清剑碧参差。
娇容矜笑无言语，漏却春风竹不知。

三、高山草甸

昨夜高山醉若泥，扯来绿锦欲遮脐。
萌萌郁郁疑无路，翠翠蒙蒙自有蹊。
蒌草望云情灼烁，青峰看我眼离迷：
游人过尽愁无梦，岩背还藏酒一畦。

四、四月江湖

四月江湖剧可怜，殒红纷乱落波端。
才闻杏诉巷深怨，又听桃悲枝半残。
垂柳有情轻蘸水，霁光无赖欲推澜。
芳菲漂尽魂犹在，姿色来年更好看。

● 洪金魁

九三首都大阅兵

一

举国欢腾大阅兵，五洲瞩目北京城。
高端武备和平盾，威武三军保太平。

二

老兵方阵坐篷车，百岁容颜挂泪花。
胜利红旗须警惕，醒狮时刻卫中华。

老同学迎春赏梅

一

日丽风轻春已回，莘庄聚首紫华开。
迎春叙旧花间过，疏影清香拂面来。

二

花红柳绿满园春，花下相逢复旦人。
经历风霜花更艳，时空半世友情真。

● 王军胜

步韵和姚国仪老师夏日诗

鹏飞万里未栖枝，苦海无边渡乃知。
壮志成空常醉酒，伤情入梦偶吟诗。
新词咏物求真趣，旧念萦怀乐退思。
岭上清风明月夜，心潮不似少年时。

步韵和欧阳长松老师天山天池

寒风一夜玉琼敷，云色苍茫碧翠湖。
黄叶林中遮旧径，青波影里换新躯。
群山又积千秋雪，大地重呈万象图。
上古人神相会处，民生不息乐桑榆。

到禾木村观日出

喀纳斯湖再往东，天寒暮色客行匆。
一家一景溪流畔，半晦半明烟霭中。
路绕深山飘白雪，屋邻净水映苍穹。
无眠长夜登高早，良久云霞渐露红。

● 姚伟富

恭贺百岁老人加盟微信

日游天际沐春风，夜倚平台耳目聪。
情系古今中外事，苍松辉映夕阳红。

章人英先生于 2014 年 4 月 2 日与我互加微信。

七十抒怀

龙辞旧岁福相逢，蛇贺新年酒满盅。
遥忆山花迎贵客，遨游诗海展雄风。

海

上

诗

潮

公堂对垒争权益，茅屋安居见彩虹。
今喜天朝重抖擞，笑谈古国再横空。

临安采风散记

一、居顶上人家

盘旋上顶雨纷霏，重聚人家雅客归。
饮水思源挥不去，感恩图报在心扉。

顶上人家，位于浙西北高山第一村太湖源龙须村。

二、游太湖源

水醉茶迷绿树围，龙须千仞两相依。
凌空结集源头石，穿越风云尽放飞。

"龙须"为龙须壁，"千仞"为千仞崖。

三、访吴越国王陵

寂静王陵墨客稀，虔诚拜读敞心扉。
千年遗训今犹在，甘愿来生作嫁衣。

● 黄荣宝

观壶口瀑布

高歌一曲伴黄河，听瀑呼涛看客多。
任愿污霾狂卷去，长龙飞舞浩横波。

● 陶寿谦

禁　放

火树银花靠边，太平歌舞欢天。
申城今夜寂静，民众明朝舒安。

春 晚

辞旧迎新春晚，精雕细刻大场。
白雪巴人正量，亲和热烈吉祥。

● 丁　衍

云山图

得福而今始，圆屏置眼中。
居家求典雅，问道任颛蒙。
高卧游山海，蓬窗洒雨风。
友朋甘苦共，缘分喜融通。

三尺称雄

写竹言难尽，白头犹苦功。
称雄又何得，快意尚由衷。
故事画师去，才华骚客丰。
玲珑三尺石，胜境在其中。

● 顾方强

美国加州行

一

初见金州绿似溅，对虹斜挂映晴川。
鲲鹏展翅腾空起，飞过闲云万里天。

二

弦拨春潮半日间，天槎不解意潺潺。
书生善咏平沙曲，浪去声声抱月还。

三

赫堡奢豪傲独峦，绿坡织锦马羊欢。

群鸥踏浪翩翩舞，海象情歌响一滩。

赫堡，即赫兹古堡。

四

塔前邂逅尽菁英，钟响东方月下轻。

松鼠乞拦春雨后，团团一树爱争鸣。

游斯坦福大学。

五

笑挂街车沐日晖，山城路陡不言归。

伦巴九曲花依旧，袅袅乡音耳畔飞。

● 束志立

鹧鸪天　习马会

握手星洲笑语频，峡分两岸一家亲。金瓯国是
容商定，往日恩仇渐淡泯。　　多少事，看时新。潮
流滚滚验真仁。炎黄后裔前程远，共谱中兴美景春。

临江仙　两会春风

三月春光园满艳，百花笑傲凝香。京城两会正
开场。万方欢聚首，宏议暖心房。　　五载蓝图今
绘就，措施件件铿锵。翻番决胜众心强。小康前景
美，鹏举向天堂。

浣溪沙　偕乡友赴莘庄公园赏梅

烂熳春光林绕纱，轻车谈笑日西斜，株株观赏
韵情佳。　　绿玉暗香含骨朵，红绫明艳诱媛钗，
满园疏影醉云霞。

● 徐新远

邓尉春梅吟

绰约见青山，微茫连太湖。
新萼初缀绿，嫩蕾细染朱。
不识庾岭梅，贪看邓尉株。
曲溪道转幽，深巷暗香殊。
东西南北人，清奇古怪树。
千枝梅带雪，万朵花含露。
娇态胜婵娟，梅姿赛吴姝。
风传香似海，月移玉如肤。
九英标异格，百华属寒树。
红墅着翠帘，青云托黄榆。
瑶台收奇景，琼楼得清娱。
人间逍遥地，天堂在姑苏。

● 沈求洁

思念吟友

灯下偷闲抒郁胸，每思课聚乐融融。
荆妻染病难离步，家务忙身易费工。
多失交流萦旧梦，少应酬唱愧皤翁。
我怀海上师朋友，俚句聊呈表寸衷。

● 韩华来

和马凯同志诗一首

高处传吟不觉迟，唐声续唱发华枝。
千年墨客词歌史，今日文人笔下驰。
倡导工夫思律句，不忘旧韵入新诗。
骚坛莫怕无人继，灿烂山花更有时。

海

上

诗

潮

索溪峪南天门

南天洞口向君开，老妪烹茶笑客来。
不见天门神守护，谁能传语到瑶台。

武夷山水帘洞

无洞飞濂水下空，终年瀑布在其中。
神仙引出天边水，喝口香茶谢九穹。

● 余致行

南北湖

东海云裳裁锦罗，西施环珮送秋波。
嶂屏岚起香裙袂，奁镜峰妆秀髻螺。
双岛玉珠浮日月，一堤仙女落天河。
山湖处处留图画，水入江南颜色多。

齐天乐 岚

嶂帷初卷芙蓉醒，薰香绣屏人静。曳袂飞魂，
飘纱惹梦，真幻萦回无影。云低露冷。却前后牵
衫，意柔情永。步步相随，这边才走那边等。

依依绕崖就岭。峡风推不去，怀独心耿。遇水
生姿，逢山起色，化作胭脂摹定。长空浩迥。泻万
顷鳞波，广寒河馨。夕海浮礁，雪涛天上听。

水调歌头 悬空寺

狂浪击银汉，半嶂落天宫。借来行者金棒，撑
起阁玲珑。鬼斧斫开峭壁，飞出楼檐龙翼，灵气绕
苍穹。梁上广寒燕，云外九霄钟。　　圣人地，三
教集，鼎香浓。千年尘世，风云流水尽仙瞳。驶宇
西昌星箭，登月嫦娥会面，驿站是悬空。开放攀新
顶，华裔有英雄。

汉中怀古二首

一、拜将台哀韩信

汉王兵马未重来，此处空余拜将台。
忍辱胯下真勇士，决胜千里大雄才。
奠基汉祚三封赏，殒命宫闱九族哀。
当学留侯辞万户，功成身退自消灾。

张良在西汉王朝建立后被封为留侯，允食齐三万户。张只愿意到留地去，却坚辞三万户。后见刘邦杀戮功臣，就推托修道求仙，隐于山中，遂得以自保。

二、勉县谒武侯墓

定军山麓卧麒麟，古柏参天伴宰臣。
二表出师文似锦，三分天下计如神。
七擒孟获轻翻掌，六出祁山谶殒身。
大业未成风范在，千秋传唱一纶巾。

武侯墓前有石刻麒麟一对，寓意诸葛亮乃人中麒麟。亮在后出师表中有"鞠躬尽瘁，死而后已"之句，孰料一语成谶，死于军中。

临江仙　生日感怀

年少读书浑入夜，醉迷不觉天明。攥拳击案叹群英。忠良多命蹇，稚子忿难平。　　七十馀年如一梦，似曾偶显峥嵘。苍山夕照也风情。吟诗将进酒，听曲牡丹亭。

如梦令二首

一、金婚对姬

昔日花间幽径，月下谁人身影？信口西厢词，赠我玉梳金镜。凭证，凭证，池畔杜鹃花盛。

海

上

诗

潮

二、金婚对翁

你爱丝弦琴键，我却丹青书卷。儿女各鹏程，有你称心如愿。相伴，相伴，伴你一生无怨。

● 董 良

摸鱼儿　顾炎武故居读朱镕基题词

做官廉，心怀天下，方能题字于是。曾经掷地铿金玉，震得山明水沘。料骨髓，似古往湘人，不作金奴婢。雄才国士。乃济世经邦，几番风雨，涤去秽泥滓。　　狼和豸，贪墨岂容行市。寒林三百栖雉。几丛枯木当途棘，已碍龙翔凤止。君峻峙，看洲渚江川，重唤征帆起。最忧坰鄙。愿祖国山河，东西南北，永日葳蕤耳。

渡江云　白马涧怀古

导游说，此乃吴王夫差养马涧，有勾践遗踪。余与众寻之不得。俗云，姑妄言之，姑妄听之，是也。

青峰滋白马，溲肥涧水，鞭指禹王家。卷旗南下日，猎猎旌斿，并与马蹄遐。兰摧菊毁，荡春波，不见桑麻。但听得，蝉鸣夕照，树树落荒沙。　　堪嗟。寡谋勾践，无计文臣，倖西施未嫁。揖越女，天庭补石，莫浣溪沙。山藏佳丽吴王醉，竟纵情歌舞，屧响烟霞。残梦醒，一时多少啼鸦。

相传夫差为西施在灵岩山筑馆娃宫，宫中长廊木板下置满大瓮，着木屧行走其上，能铮铮作响，故名响屧廊。

疏影　谒顾炎武墓

蒋山佣主，竟西风碧树，可堪回首！一抹残阳，斜照城头，依稀十里衰柳。书生昨夜窗前度，岂能了，兴亡重负。匹夫行，家国山河，有耻虏攘扉牖。

莫笑墓前青草，年年尽绿遍，江左江右。荣辱人心。仁义峻峰，直上霜关重九。当年西北寻游地，曾指点、螽斯桀纣。我而今，祈愿苍穹，勿使镝鸣兵斗。

蒋山，即南京钟山，明孝陵之所在。亭林于昆嘉抗清失败，曾十谒孝陵，自谓蒋山佣。蒋山佣主，指朱元璋。《诗经·周南·螽斯》：螽，螽虫；斯，之。

木兰花慢　秦峰塔怀古

似仙韶道乐，铿铿尔，塔铃声。正习习春风，摇摇水影，一派柔晴。秦峰塔前犹忆，萧衍讹、立地便称僧。守着青灯黄卷，木鱼敲响皇城。　　性情暴戾，又岂能，耐得释坟茔。屡试佛屠刀，分明剑镞，切腹穿膺。迷茫海天胜景，做一团禅事了惺惺。今看秦峰塔下，有人梭织千灯。

● 顾士杰

初闻鸟鸣

梦稀沙漏疾，户外鸟初鸣。
物竞随天择，春来万象生。

冬行色

叶落风寒又一冬，满街行色各匆匆。
不言心底沧桑事，皆在眉眸步履中。

水龙吟　仓颉造字

汉华千载方文，字翘五洲无书替。遥思远念，结绳记事，形声拟字。孔孟经言，历朝科举，帛文简纸。把汉字魔了，史经子集，谁人晓，华人智。　　自古圣贤堪祭。庙堂文，书生笔器。子耕校舍，怕盲方字，后挥才气。华夏千年，怎愁风雨，字犹如此。念前人梦里，描章取秀，羞尤揾泪。

● 陈嘉鹏

返乡有感

层层稻穗涌前楼，扑鼻芳香满屋留。
又是新颜旧貌改，乡亲谓我又何求。

家乡枯井

金黄一片怎凉荒，怪特风光在一方。
老井犹存添画意，童年往事满怀装。

抛球乐　海上观日出

碧海连云天。船行白浪间。独栏凭远眺，鹭鸟舞翩翩。日出霞光艳，心潮逐浪翻。

● 季　军

武汉黄鹤楼

仙羽归来放眼量，沧桑巨变破天荒。
疾呼崔颢从天降，挥翰重题锦绣章。

天山瑶池

雾峦松壑抱瑶池，玉镜天开慰梦思。
华发遨游添画意，同窗五十续新诗。

阳 朔

连丘粟稷沃田稠，遍野奇葩誉九州。
漱玉能消愁万斛，桃花源里不知秋。

洛杉矶星光大道

影视之城四季春，星光大道望无垠。
群贤毕至银河灿，遍数炎黄有几人。

● 曾小华

西江月

忧治霾多年，其情越来越重。
　　帘卷又闻霾到，虚形鬼影忧焦。治污反被染污嘲，物事悄然颠倒。　　人老梦回年少，桃源快活逍遥。但愁人醒梦难消，流水落花去了。

● 董明高

念食谈

竟夜衾窠冻，身寒念昔年。
荒原疏五谷，野庙殁孤仙。
浊酒将心饮，清音养耳弦。
绵思悲薄食，剥豆纵田边。

年无奈

记想期除日，罐储干果香。
娘称作留种，口授莫充肠。
堆垒食今怯，养营丸昨伤。
膏腴何事奉，守岁候天王。

除，读去声。

答苏翁

雪冻狐裘冷，燃灯夜闭门。
高朋裁筑乐，小酒造春温。
静采诗章韵，闲涂舞步痕。
宜无香汗滴，国礼授曾孙。

筑，贵阳的简称；乐，欢乐。

长　夜

怜人声泪下，造句字来迟。
碗口诗容缺，床头梦总期。
尊高多异见，念旧少闲时。
讨食空肠急，三更孰与思。

● 徐人骥

访徐霞客故里

旸岐村里一奇人，弃仕许身山水邻。
寻秘探幽千劫绊，鸿篇履印后昆珍。

临江仙　重走湖塘路

忆昔柴庐傍蹊径，垄头蔬菽成行。闻名内外上京杭。江村丝茧缲，博览锦章藏。　　五十载余穿越梦，楼依桑柘轩昂。通衢网织往来忙。境迁心未老，双塔影难忘。

江村，系著名学者费孝通撰写"江村调查"一文的所在地，现为苏州吴江区管辖。江村北依太湖，原先在太湖边有一土路称湖塘路。

赏油菜花

一

蝶舞蜂喧粉染身，香风柔面雾氤氲。
乘黄踏浪心神醉，满目流芳不见人。

二

十里流金起嫩波，忘归迷误伴天河。
星娥媚趣同嗟赏，香醉烟村曲径多。

三

迟晖耀彩丽江村，花阵无垠野色昏。
金蕾含香招粉蝶，菜油滴滴沁诗魂。

校友聚

浪迹天涯六十春，霞觞还是故乡醇。
八千里路断肠曲，三载同窗白首亲。
今日悬车求逸乐，曾经佩剑抖精神。
真情不为江湖老，九九重阳再忆纯。

小重山

　　驹影难留岁又更。忆天山咏雪、九宵鹏。小园戏耍请长缨。兄弟乐、谋略更谁能。　　万里浦江情。求知需立雪、十年耕。幽怀壮志逐云腾。丹心在、浩气射长鲸。

● 朱强强

登惠山

村姑今日又红妆，一别风尘近上苍。
不为青山作云彩，只留姿色伴春光。

姑苏春行

金馆娃宫临宠恩，虎丘山下大王魂。
三元坊有五更烛，十井道无千户门。
折柳折经红雨坞，踏青踏过杏花村。
观前街上他乡客，紫竹调中龙子孙。

夜西湖

淡墨如烟一画图，浅颜似雾半玑珠。
林风吟笛合十景，云月抚琴分五湖。
钟抑南屏鸟栖树，荷扬曲院鸭偎芦。
桥经千岁未曾断，山过万年依旧孤。

● 张静怡

兰

云清眉月静，盆瓦剑仙藏。
淡淡晴光靓，幽幽真水香。
冬春含笑露，秋夏舞临霜。
醉墨柔枝翠，书山古石芳。

元旦逛福州路

佳节兼余兴，悠然逛市沿。
八方熙攘客，四面寓骈阗。

吾独钟书市，不怜囊陋钱。
速回凭夕照，赏读乐心泉。

购张大千齐白石新年年历有感

古人画里有清风，信手涂来灵性通。
看似轻松三两笔，寒窗一世苦心功。

● 张涛涛

铁禅老人百岁寿诞暨书画展

一

百炼洪炉成砚池，健豪飞锡两相痴。
人文白鹤流传久，今日铁禅为画师。

铁禅先生系白鹤古镇人氏，祖传四代为铁匠，今为画人矣。

二

晕染华滋透性灵，自家风范已形成。
一惊落笔如飞后，从此画坛尊令名。

唐云先生曾赞叹先生作画"落笔如飞自有风范。"

三

任他门外绣成堆，不羡红尘茶一杯。
静夜参禅蒲团坐，涛声钟磬耳旁回。

铁禅早年曾在淀山湖畔报国寺参禅，朝夕但闻涛声与钟声，
故其书房名为"二声堂"，匾额乃赵朴初所题。

四

既是文星也寿星，期颐百岁亦康宁。
铅华兑尽笔仍健，弘道乐天年尚青。

五

朝迎旭日晚明霞，思想依然绽火花。
妙笔一挥神气足，葫芦送宝到君家。

先生已 101 岁高龄，耳聪目明思维敏捷，尤其擅画葫芦。

● 孟宪纾

仲夏黄昏小景

信步循溪到酒家，疏篱绿树映榴花。
此芳莫道独红艳，血色残阳院外斜。

踏莎行　墨市海滨远眺

鸥鸟低翔，舟帆竞渡，蓝天极目知何处。碧波漾尽是申江，白云应拂堤边树。　燕舞方酣，莺啼如故，中华好梦无重数。家园花自倚东风，缘由更向他乡去。

● 卢　静

相见欢二首

一

横阳一缕心牵。念无边。曾记长堤偎月数星天。
石仍在，情难对。几多年。唯有一弯江月照人前。

二

梧桐暮雨层楼。又清秋。无奈炊烟深处梦难收。　渔火起，橹声止，正绸缪。更待西风吹起叶成舟。

横阳，指横阳江，又名青龙江。

二 月

二月梢头嫩叶颠，呼晴鸟雀满池前。
家家唤醒黄粱梦，洗剔心尘见碧天。

醉 眠

莫教东君搅醉眠，埋名半寐洞中仙。
无端梦得黄莺唤，笑问人间第几年。

相见欢

江南又是当年。月华圆。记得细风微语正轻寒。
烟波夕，归难觅。梦留连。料想今宵痴话没
人闲。

社 鼠

鸳帷罗幌夜笙箫，社鼠城狐自在骄。
贝阙珠宫驱荜户，蟠枝屈朵醉云霄。
公孙树罩谁家院，锦绣妆成及第桥。
铸剑擎天寻海瑞，拨云掀雾捉贪妖。

千岛湖

千岛湖上忽迷离，梅峰观岛东坡遗。
仙履侠踪无觅处，山色空蒙雨亦奇。
朝云暮雨烟波里，鱼跃三尺鸬鹚喜。
一叶扁舟穿青莲，双桨争跃红锦鲤。
疑似西子浣素纱，双瞳剪水碧玉家。

云撩水墨着山色，万羽翔集没红霞。
天下西湖布如棋，有名却被无名欷。
弱水三千一瓢饮，满壶雀舌聊布衣。

满庭芳　雨露诗芽

　　桃李成蹊，梢推窗牖，惠风徐啜新茶。淡烟疏柳，帘动影参差。试问谁邀李杜，将进酒、风雅求赊。竹篁隔，喧街车马，驻赏七弦划。　　嗟呀。祈日曷，青丝予我，雨霁春芽。趁初绿江南，鳞动荷遮。独步唐诗宋韵，驾鸿鹄、寻梦天涯。斜阳里，裁云剪水，再赋浪淘沙。

● 裘　里

夜来香

　　身少牡丹姿，重帘笑自酬。
　　清姬曾令色，霜女惯寻幽。
　　绿瘦三江影，香追十里秋。
　　遑言比金粟，独处自风流。

紫砂壶

　　火云骄肚紫将军，不领天兵只侍君。
　　身本草坯泥一啄，供春犹舞大师群。

咏　古

　　昨夜胡马笑苍生，又闻飞将五羊烹。
　　横卧向天骨一把，桃花纸上泣三更。
　　云梦山中无死士，伊喜函谷东来紫。
　　金玉空鸣琅琊台，从此谁饮咸阳水。
　　一曲胡笳更愁人，公主始是汉皇臣。

成败萧何缘底事，未央宫里又新晨。
二妃赴水山鬼舞，秋月朗庭君犹鼓。
高树难饱寒不胜，不如挂冠朝天姥。

● 曹雨佳

太极禅院访友

太极生幽境，溪山雅意存。
青阴拥苇荡，白翅剪晨昏。
客去炉烟淡，舟来浊浪吞。
依稀瑶瑟静，暮色满空门。

一剪梅　题梁楷雪景山水图

烟笼千山暮霭中。霜薄空林，雪暗孤松。春心犹共雁南翔，欲遣传书，素霰濛濛。　曾约清溪驾玉骢。珞珞坚冰，若锁严冬。莫嗟沉雪覆归蹄，三月东风，料也消融。

青玉案　白芙蕖

一池翠扇临风举。广袖展，倾烟渚。菡萏轻摇惊白鹭。素衣临水，玉容含倦，尽沐菰蒲雨。　霓裳不为君侯舞。晓风薄，谁怜涉江苦。何事天涯长独步。剪波舟晚，履霜秋近，泽畔空相顾。

● 西湖竺

钓鱼台元宵诗会

一、掌灯猜谜
频量玉漏望佳节，满挂琉璃仔细猜。
白发师翁弹指笑，唐风后继有人才。

二、高台联句

蟾宫浅醉元宵柳，细蕊琼枝影上苔。
雪里一联千古句，金波出岫映蓬莱。

锦堂春慢

梦里西溪，斜亭短径，零丁已是它家。旧瓦新篱廊廓，尽取浮华。两岸钓翁连藁，乳燕惶窜春洼。奈卷中刻画，耻慕丰奢，锦绣桑麻。　　笑饮烟霞薄醉，戏池龙跃鲤，带冠群鸦。谁顾梨桃荫里，风雨黄花。且伴吴王夜宴，剪翠袖，弹绝琵琶。莫问伤心何处，梵唱禅音，灞上平沙。

● 卢泓瑄

苏幕遮　过若尔盖草原

碧云天，青草地。鹰掠长空，风过经幡起。金顶红墙禅语细。月下弯弓，策马银霜骑。　　夜凝思，风雨戏。久闻吴侬，长忆牛羊徙。七月扶桑人未识，天水相连，梦回花湖里。

乌夜啼

残荷惹了秋黄，月茫茫。飘得阑干轻浸木犀香。蝉声少，青云燥，懒回望。恰是人生年少总轻狂。

● 卢 浥

醉花阴　天空岛

莫是穿梭云彩间，混沌苍茫散。断壁见双虹，踱步麋鹿，海阔訇哮远。　　茫茫渺渺心何唤，看水重山涧。积雪伴林涛，幽静怡然，飞卜翱翔愿。

蝶恋花　美国大峡谷

石漠飞沙层迭岭。将访蓬莱，几经仙人顶。老
鸹盘旋云外骋。轻舟一掠空山冷。　　纵使红河分
重皁。赭壁如悬，亘古生奇景。俯瞰霞光迁暮影。
谁持鬼斧山林兴。

● 牛　安

茶　院

寒月披云告岁迟，冰泉哑对玉霜枝。
禅庭独坐观山客，一稔花期未过时。

水　仙

裙动遥如玉屑飞，金风翠影暗香稀。
无心斗艳芳菲去，独作凌波一白衣。

忆江南　过网狮园

姑苏宅，涵碧隐渔池。月落桥边寻旧影，春藏
书阁觅新枝。谁解大千痴。

● 邵　勤

过青藤故居

梅蕉瘦苦倚危垣，曲蘖惊涛放浪言。
笔底明珠尘尽拭，秋坟鬼语四声猿。

独　处

凭栏掩卷近黄昏，忍把庭筠落玉盆。
岸芷汀兰多寂寞，闲云处处有乾坤。

● 郭玉军

水 乐

水绿柳青烟雨巷，骆桥庭院玉弦琴。
人间难觅天音妙，水乐堂间纸石音。

● 张宝爱

读 书

人生快事书为伴，学海流连喜骋驰。
顺应潮流追好梦，弘扬国粹咏新诗。
幼童求学须争早，老叟挥鞭切莫迟。
智库钥匙拿手里，随时开启索真知。

写 诗

诗书伴我接晨曦，开卷凝眸可获知。
启牖专心观雅作，遣词造句拟新词。
飞龙更立凌云志，驽骥尤怀垒韵痴。
莫道年高无意趣，揣摩平仄亦心怡。

● 陈绍宇

贺 C919 大飞机下线

搏击长空几代人，起航梦想现成真。
大机下线中华造，化作九霄云外身。

● 韩焕昌

退思园咏怀

园在同里古镇，载世界名园录。光绪年间安徽兵备道任兰生
被弹归里所建，名取《左传》"进思尽忠，退思补过"义。
高官又厚禄，难得一退思。

上

海

诗

词

读书拼智勇，名利偶得之。
行看台阁上，独缺揖让辞。
东窗西壁下，窃窃尽谋私。
交友随风转，深藏不露机。
小奸惟自保，大愚丧良知。
万幸惊无险，乞身正当时。
雪花十万两，尚够买花石。
散淡归本性，无须频换衣。

● 庞 湍

游上海豫园灯会

猴年晴日优，游客豫园稠。
九曲桥行走，春临好兆头。

虹口公园赏梅

虹口赏梅前，春光早领先。
百花践约至，装扮艳阳天。

欢度情人节

雪花消失茶花放，一对鸳鸯沐艳阳。
七九春风拽红线，情丝更比柳丝长。

● 吴家龙

九三大阅兵

旌旗招展耀京城，旋律激昂齐步鸣。
威武雄师强健士，英姿飒爽壮年兵。
远程导弹中华造，优质军机国手呈。
纪念九三铭历史，和平珍爱梦圆成。

屠呦呦获诺贝尔医学奖

学森之问言犹在，治疟青蒿屠妪先。
鸣鹿呦呦惊宇宙，天罡熠熠亮坤乾。
三无学者超人绩，四纪艰辛医学颠。
天道酬勤开诺奖，春秋八五德高贤。

瑞雪兆丰

当空白絮乱飞扬，一夜鹅毛地换装。
遥望青山披素裹，近观绿水结冰场。
翠禽饥困杈巢穴，鼹鼠愁居地洞房。
疏影横斜枝晃摆，皑皑瑞雪兆丰穰。

● **倪鼎琪**

拜 年

披星疾疾行，为褒腊梅馨。
一俟车门启，痴痴嗅不停。

初五接财神

赵公元帅莅春江，赐福家家享太康。
鞭炮不鸣新境界，鸟儿争接唱单忙。

乙未年除夕

謦咳声中除夕来，床前侍疾小心陪。
轻将汤药送多次，巧把尿单换几回。
所幸已传春信息，何须沉浸梦悲摧。
龄超鲐背儿孙护，孝字当头共举杯。

上 海 诗 词

悼丁锡满先生

秋风萧瑟太匆匆，魂返天台一道翁。
走笔大千行万里，讴歌盛世遍寰中。
文人气度难言忍，壮士襟怀唱大公。
白玉楼前云散尽，红尘不染恋青空。

咏 春

春回大地百花狂，李白桃红竞吐芳。
日丽风和霾散尽，冰融水暖雾消亡。
倾心描绘尧天景，着意讴歌舜日长。
蜂蝶亦知时代好，逍遥洒落乐飞翔。

嘉茗吟

西北东南俱一家，开门七事末为嘉。
神农遇毒寻山角，陆羽著经觅水涯。
逸趣禅心尝至味，浓情暖意品灵芽。
卢仝七碗平生愿，春夏秋冬日日茶。

生态感怀

风花雪月入诗词，鸟兽虫鱼不相离。
绿野青山长润泽，行云化雨发华滋。
雾霾蔽日烟尘暗，浊浪扬波臭味遗。
空气阳光清净水，天人合一共存之。

● 韩丛艾

天 赞

庆贺交大一百二十华诞

交大韶庚百廿年，普天同庆赞云传。

灵通四海培梁栋，智系中华谱盛篇。

钱老领英同学杰，彭公垂范教师贤。

五洲桃李齐拼搏，世界前名梦必圆。

"云"字双解，一解为普天下对交大的赞誉如云彩般流传，二解为互联网的云技术传播。钱老，我国科技大师钱学森（1929年至1934年就读于交大）。彭公，交大老校长彭康。

念奴娇 交大梦

丙申华诞，创新学，开拓辉煌长卷。救国扬鞭，撑实业，天助江公主演。产教融通，科研果灿，母舰风光显。宣怀身后，看英才队排远。 遥想迁校当年，子劼头马领，西耕重建。兴庆湖边，高府耸、拼搏终襄宏愿。盛世今逢，全球齐赞我，一流呈现。雄狮腾起，助诸交大争冠。

丙申，指1896年。江公，江泽民同志，交大1947届毕业生。宣怀，交大的创建者盛宣怀。子劼，老校长彭康的别名。

● 苏开元

北海公园游

五朝皇苑逸，古色画时空。

水瀚殿堂矗，梵幽斋寺中。

九龙追白塔，三海嵌离宫。

胜处无遐接，行游惜太匆。

题水墨画秋兰

纫佩寓高洁，纤蕤竹石傍。
小红茹楚泽，淡翠润潇湘。
雅欲骚人醉，幽添郢曲芳。
端溪烟色处，入木取秋光。

辞乙未年

小酌屠苏又一秋，书生习气竟还稠。
遐思若有风尘悟，神侃常萦家国忧。
厨上油盐勉为拙，笔端山水尽情留。
闲来几阕清平乐，淡淡时光静静流。

江南春

云浪起，荡涟漪。寒香知绿意，红饰翠为衣。
浮生回首终方悔，辜负韶光多少时。

再遇春寒

时令已过惊蛰日，冷潮再袭换衣人。
冬装刚脱重新裹，春意初萌照旧循。
三月南方寒又冽，九州北部冻仍频。
今年气候应防变，解困扶贫家国仁。

采桑子　暮春游宁波北仑碧秀山庄

九峰山畔风光艳，碧秀山庄，清水池塘，水面
鱼儿窜跃狂。　　树林成荫山坪翠，鸟语花香，瓜
果橙黄，鱼米之乡商贾忙。

海

上

诗

潮

● 郭　莹

● 雷九畴

● 王金山

97

沁园春　宁海伍山海滨石窟

东海之滨，起舞山丘，地处浙东。看丛生花树，风姿突异，爬升藤棘，艳貌凌空。硐窟群生，顶如覆釜，曲折回环形如钟。游人乐、赞伍山壮美，游兴浓浓。　　找寻古壁迷踪。探洞洞生奇左右通。见空庭遗梦，江山半露，龙门飞瀑，剑道追风。秀水泱泱，天惊石破，岩洩龙吟震紫穹。惊回首、叹神奇世界，巧夺天工。

柳梢青　游杭州桐芦苇茨湾

芦茨临暑，下湾渔唱，隆隆捶鼓。玉砌拱桥，双溪流月，高山流布。　　隔江遥望幽台，有道是、子陵钓处。书院东山，清芬高阁，遐思无数。

● 武红先

逗留东瀛旧地

京都一别十年秋，金阁寺重花满楼。
昨梦唐风生又起，白云红叶看鱼游。

五十初度

谁参绿荫抱瓮禅，五十我弹天外弦。
方寸休看乱红处，邓家山色不争先。

● 孙佩荣

学　书

临池执笔似参禅，走马云天不计年。
莫道其修真漫漫，山阴道上一心虔。

游太湖马山

遥望前山不喜平，桥边烟柳太多情。
小舟独有春波眼，人在江南浪得名。

● 刘居奇

深秋赏桂

新蕊枝头散晚香，金黄点点属秋妆。
清风送爽闲云外，一片冰心借月光。

七绝二首

乙未中秋连国庆长假，空城而出，道路为塞，忽发奇想，舍众取寡，举家走木渎、登天平、过大桥，入洞庭西山，四看皆太湖浩渺、帆影点点，闻鸟鸣心想亦遥遥也，占得二绝为记。

一、过白云泉
刻有先忧后乐言，天平从此不喧喧。
飘然一壑泉如涌，只为范公开正源。

二、访明月湾
驱车在水入西山，老屋新知半日闲。
人满姑苏景成患，我来湖上拜秋颜。

● 胡培愿

月季花

出挑招蝶蜂，月季为谁红。
子夜闻雷雨，披衣白发翁。

海

上

诗

潮

栖真寺

林峦鸟雀鸣，松叶覆云亭。
临望群山响，萦纤小寺宁。
僧扶池畔柳，厨说佛门经。
冬去春来暖，归鸿举步停。

栖真寺，位于缙云溶扛乡郑周村东北笠峰山巅，唐咸通二年 (861) 建。上世纪六十年代寺院被拆，今逐步重建。

宣州弋江

莲溪庵畔万山围，栖鸟丛林不见飞。
纤手捣衣谁耐冷，穗高长袤待君归。

莲溪庵，宣州丁桥三公里；丁桥，宣纸产地。

乙未寒食夜雨忆父

月色微茫起远悠，挑灯镌石不闲舟。
红花小印传庭训，雨入长江万古流。

● 庄木弟

春

涨潮声急石桥平，带雨东风拂草青。
欲与春光争俏丽，谁家小女立婷婷。

卢浮宫看书法

玻璃金字异邦宫，翰墨香飘华夏风。
塞纳河同浦江水，情缘万里共交融。

访蒙特

林海茫茫溪水遥，霏霏细雨里心焦。
欲离窘境人无奈，忽见红巾窗口飘。

● 周普斌

月节遣怀（新韵）

暮沉朗月升，园静洞箫清。
对影心飘渺，开窗鸟不惊。
九霄曾可揽，壮岁哂何凭。
无意圆缺象，最柔抚驿程。

拔牙有记

都云解闷捂疼牙，一忍倏然两鬓华。
咀嚼人生常挺进，固强身体偶矜夸。
受之父母情难舍，怎奈暮晨痛复加。
少齿光阴何足虑，忧愁正好佐诗茶。

● 曹祥开

黄河咏

黄河声势壮，滚滚接天来。
浪起惊天吼，风平玉镜开。
当年洪水患，隔岸苦啼催。
世事沧桑变，今朝共举杯。

寻 春

三月寻芳醉白池，无边光景惹人思。
谁家童子花间舞，春到小园皆是诗。

游九华山

佛教名胜心境开，青山依旧又重来。
云烟袅袅天门外，钟鼓声声出殿台。

海

上

诗

潮

● 孙亚洲

假日郊游

送爽金风好个秋，全家假日去郊游。
公园景点人声沸，湿地庄园鸟唧啾。
缓步叟妪换扶手，儿孙绕膝戏搂头。
无忧快乐轻松日，正是民生一所求。

行香子　看国家治理环保新闻后感想

　　绿色宏篇，写就弥艰，康庄梦，实现攸关。低排治碳，惠利民先。须顺民心，恤民苦，纳民言。　　蓝天碧水，大地良田，无污染，福祉千年，资源保护，发展绵延。要法宜行，制宜续，住宜安。

● 欧阳长松

雪　恋

屋上寒来白未消，素衣偷裹沪清宵。
雁鸿三二争孤守，杨柳千重镇绿撩。
长忆儿时迷面偶，经过春节料风调。
停云破日枝头滴，回暖还当瑞字聊。

点绛唇

　　物象云云，闭眸犹显风华境。梦牵魂影，渐入芙蓉岭。　　香阁步来，勾起青梅兴。徜徉景，仁桥幽径，等略佳人醒。

上

海

诗

词

● 楼芝英

秋　意

丹桂红枫次第行，黄花媚处冷蝉鸣。
悠悠酥雨淹芳迹，寂寂长空断雁声。
香入尘烟随俗梦，人如淡菊谢庸名。
夏莲莫羡秋风醉，须解轮回亦是情。

沁园春　乡情

　　烟柳藏莺，杨花戏舞，情系浣江。恋西施滩上，水亲红蓼；陶朱峰顶，霞媚修篁。越曲宫商，乡音丝竹，兴起兰舟弄浅桨。白云处，看归鸿低唱，总也思乡。　　暨阳亘古名扬。仰先圣、溯流且徜徉。似越王遣美，灭吴复霸；夷光忍辱，兴越还桑。耕读馨传，诗书浸染，诸暨三贤书画彰。尽潇洒，遍江山万里，独领芬芳。

　　夷光，西施本名施夷光；暨阳，诸暨的别名；耕读，诸暨历来被称为耕读之乡。

● 孙可明

希拉穆仁草原

望断阴山脉，苍茫敕勒川。
驱车青草地，策马绿冈巅。
思驭长风去，心随落日牵。
挽弓人未老，今夜笑无眠。

秋　思

雁背斜阳列队行，残荷憔悴晚蛰鸣。
盈盈秋水添愁迹，簌簌金风送笛声。
淡菊寒梅欺幻梦，清风明月笑虚名。
江山惬意诗中醉，春夏秋冬总赋情。

浪淘沙　枫叶

和谢、江两位老师原韵

总也惹心伤，凋缀斜塘。曾经如火染茫苍。一
抹野冈增秀色，满目诗行。　　瑟瑟更惶惶，风乍微
凉。嫣然扑地色枞枞。但看魂消形魄落，依旧情长。

● **王盛宗**

再游姑苏城

一、平江路

徜徉平江路，轻盈有画舟。
弦歌飘旧巷，旗旅涌新楼。
墙瓦思悠古，亭桥说远幽。
雅缘情怎起，松韵历千秋。

二、状元博物馆

蟾宫攀锦桂，吴郡状元多。
秀水滋脂玉，青山树烂柯。
无双擎柱木，独有超人歌。
文武碑传颂，云天映晴和。

三、怡园

鱼鳞云接亮天蓝，大暑怡园复廊环。
面壁临池螺髻榭，抚琴拜石藕香轩。
屏风三叠紫薇静，翠玉千竿处士闲。
碑刻前贤松柏影，退官锄月独孤鹇。

● **徐曾荣**

岁末有感

顽猴入历不跟班，昨夜诗家步韵看。
莫怨林中天际冷，应知梦里路途宽。

君愁靓菊霜间谢，我笑痴人壁上观。
且羡篱边茶老叶，烹壶煮酒也留欢。

读丰子恺漫画有感

洗却浮尘剩墨筋，痴红伪辣识香薰。
家贫好借萤灯暗，国败犹愁锦帛焚。
小贩情憨聊作乐，大师笔冷贵含酝。
君惊半纸顽童事，尽是无常哭笑坟。

疏影　老盆景

光阴折叠，蓄千年苦雨，凝缩三节。龙爪盘
根，怪梦缠绵，枝丫壁虎伸舌。金花玉蕊勾魂处，
猛乍看、馨香如雪。似这般、古董灵魂，触动众僧
纠结。

疑问天神造物，曲虬缩蜃景，何以藏亵？慧未
消亡，雨亦情长，花匠自谋纠葛。虚空恰似春苔
样，莫肇祸、植年栽月。好自然、写入泥盆，自信
一生如铁。

● 王耕地

贺友诗集付梓

久别莲池又问津，为缘鹤友赋骈臻。
笛横夜月斜疏影，身处烟岚不染尘。
雪落诗笺三四点，霜凝棋路万千巡。
人生多少沉浮事，俯仰全凭德立身。

新年喜雪

夜晚烹茶静品香，阶墀初看似凝霜。
屈身近点指尖冷，极目遥怜玉屑狂。

漫倚栏杆惊絮厚，如持被褥耐衫凉。
此情洁圣谁堪匹，万物高风竞比量。

喝火令　述怀

露涤繁花艳，莺啼绿意深。小园春色惹归心。犹忆往年诗梦，何处再追寻。　　放眼天连海，攒眉泪满襟。纵然巍阙隐难禁。莫负初衷，莫负几浮沉，莫负砚池烟雨，五柳弄清音。

　　魏阙，典出《庄子集释》，指宫门上巍然高出的观楼。后代指朝廷、官场。

宴清都　一夜思

静夜将词绾。清凉月，亦近窗来行篆。又闻青鸟，殷殷悄语，久违闲婉。当初草堂题扇。曾几时，紫陌天远、箫远、岫远、人远。　　天远，路在何方？箫远，又怕遥遥音断。更兼岫远。岫远，不若那端人远。谁堪仅凭一线。问苍帝，方知冷暖。自古关、花落花开，缘深缘浅。

　　按《钦定词谱》此为《宴清都》调之变格，前结叠用四韵，自成一体。

● 朱　枫

猴年感怀

十二华年一梦中，今朝又遇美猴公。
旧妖难灭贪官鼠，新怪犹添股市熊。
徒有西天极乐愿，已无东土大唐风。
参禅乱世心何悟，悟净悟能还悟空。

五十自寿

日月无端五十秋，此生空负少年头。
曾因玩世轻真理，未敢随波逐大流。
有梦欲穷千里目，无心更上一层楼。
晚来江海犹空阔，一卷心经一叶舟。

苏幕遮　冬日

淡云飞，深院闭，秋色还秾，已是寒冬季。一枕清霜贪昼睡，梦里关山，窗外天如水。　　叹流年，人老矣，旧恨依然，肝胆伤憔悴。潦倒停杯萧瑟里，浊泪千行，却似杯中味。

采桑子　暑夜

谁消苦夏蒸如盖，梦也难捱。醒也难捱。始信中年万事哀。　　空庭欲觅清风影，人也徘徊。月也徘徊。渺渺星河一尘埃。

● 杜学勤

女　德

女德端方教朗吟，梳儿长发最倾心。
慈恩有别他人处，不送寒衣却送针。

今天打开母亲送我的包裹，里面居然有几轴丝线和两包针，感慨良多。母亲是我真正的启蒙老师，未入学时她边劳动边教我背诵唐诗，一年级时就教会我算正负数的加减。母亲对子女的行为举止要求甚严，使我们养成了以德为本、担当在前的品行。

红　叶

红叶题成玉泪涓，付之炉具撰青烟。
心河远甚天河远，望尽蒹葭无渡船。

一丛花　水仙

　　千花斗艳各持名，雅蒜最娉婷。青衫翠袖鹅黄面，未妨她、玉洁冰清。黛玉葬花，西施浣月，弱质总堪惊。　　偏生情义对人倾。沐雪踏寒棱。吴山楚水凌波袜，榆关外、不绝芳馨。棚门丽谯，清杯淡盏，都给笑盈盈。

风云酬唱

【元日抒感】

● 褚水敖

元日抒感

病入新年更望新，寒江窗外唤初春。
谁能浑水成清水，我欲终身是健身。
观日惟求时日美，临风每念国风淳。
经常心事诗文寄，先议苍生后议神。

● 陈思和

读水敖新年诗奉和

辞岁桃符又换新，人增衰发草逢春。
午茶敬客消馋酒，旧梦寻诗补养身。
洪宪百年稀帝少，文坛半世望风淳。
老猴舞弄千钧棒，霾雾烟中煞有神。

● 姚国仪

步韵水敖吟长元日抒感

元辰明润一番新，诗里消闲待早春。
落日影长堪伴老，居家屋小亦容身。
肯担道义钦前哲，欲展襟怀效古淳。
何以寒梅尘不染，和霜和雪作精神。

● 傅 震

敬和褚水敖先生

天地轮回无旧新，惜春未尽又迎春。
谁知他日富贵梦，我愿诸君康健身。
舍得三杯美酒醉，眯来一眼世风淳。
自心消息自心道，默默苍生默默神。

上

海

诗

词

● 徐非文

次韵褚水敖先生

每逢是日必言新，三九未经心向春。
乏善一年羞说事，堆霜两鬓老临身。
关山阻隔乡音在，岁月艰辛笔墨淳。
如此生涯如此过，不求天亦不求神。

● 金嗣水

同题同韵和褚水敖先生

日历翻完岁又新，临窗犹忆故园春。
皖江帆影载初梦，歇浦秋风托老身。
村舍流觞情趣雅，枫林唱和气场淳。
梅枝凌雪绽苞蕾，自得心闲赋洛神。

● 史济民

步和褚水敖先生

岁月匆匆又布新，吟诗作赋盼阳春。
常惭往昔堪为茧，却喜而今自在身。
铸剑弘文势浑浩，除蝇灭虎气清淳。
名山事业心无待，平仄梦敲期有神。

【元宵感怀】

● 胡中行

元宵感怀寄思和兄

生逢子午不相冲，遥望高天马是龙。
秘阁更生称霸主，翰林永叔拜文宗。
春风同振诗中铎，秋雨犹鸣石下蛩。
未敢骚坛留足迹，但求落笔少平庸。

　　我属子，思和是午，相冲而不冲。因其非马，龙也。秘阁，
图书馆。更生，刘向。永叔，欧阳修也。

● 陈思和

答胡中行兄元宵诗

余生癸巳应蛇尾，与子同年鲤化龙。
旦苑讲经宏大美，骚林振铎立新宗。
春来名士杯中酒，霜后英雄菊下蛩。
今日读诗私自愧，一年不敢再平庸。

【玖园春兴】

● 喻蘅

玖园春兴五首

一

绿靓红嫣春色鲜，晴风十日养花天。
今年都说春光好，积李崇桃各自妍。

二

剪彩吹香花满枝，海棠如绣绽胭脂。
熏风也有怜才意，特地轻盈缓缓吹。

三

千竿萧竹自欹斜，障雨屏风荫小花。
荐与何人作画本，不随娄尾竞芳华。

四

高树葱茏碧四围，小楼如梦对斜晖。
当年文苑传薪处，绿屋先生久不归。

五

萝屋萧萧昼掩门，含蕾桃竹侍晨昏。
畴人久示维摩疾，待庆期颐返玖园。

● 周正平

奉和复旦喻蘅教授玖园春兴五首

辛巳三月，余走访复旦校园，喻蘅先生见示
《玖园春兴》诗，命步其韵，归来不眠，成此五首。
今检出奉上，以示纪念耳。

风

云

酬

唱

一

一树梨花晓色鲜，绿杨桥外赏心天。
今年恰是春光好，处处芳菲喜自妍。

二

摇绿嫣红缀满枝，玉人新洗淡凝脂。
桃花遍映邯郸路，十里薰风次第吹。

三

数竿修竹入帘斜，滴翠含烟带露花。
此景天然成画本，何须紫艳竞芳华。

四

放眼层楼耸四围，多情我自立斜晖。
恍如二十年前事，共析奇文戴月归。

五

碧影藤萝绕屋门，年年走笔忘晨昏。
先生已是人书老，漫写春风到故园。

诗社丛萃

关于静安诗词社

● 胡中行

　　静安诗词社于 2011 年 8 月在静安区政府有关部门的支持下成立。五年以来，诗词社活动逐步完善，成员人数不断增加。大家在丰富多彩的活动中学习古典诗词，创作热情持续高涨，创作水平明显提高。迄今为止，诗词社成员的作品多次在报章杂志上发表，调动了大家的积极性，产生了良好的社会影响。概括地说，静安诗词社具有与众不同的如下特色：

　　其一，导师阵容强。诗词社实行导师制，依托复旦、华师大等高校资源，特聘一批"重量级"的专家学者，他们开讲座、评作品，直接面对广大社员，为诗词社保持高起点高水准提供了保证。

　　其二，社员层面广。诗词社拥有一支热爱诗词创作的骨干队伍，其中大部分是公务员、企业家、教授、法官、律师、白领、学生，还有普通市民和宗教界人士。年龄的覆盖面也很广，从八十几岁的老人到"90"后的青年，济济一堂切磋诗艺，最近，经静安区有关部门批准，由本社主办的静安区青少年诗词创作基地已经揭牌。

　　其三，活动频率高。诗词社坚持每周六一次活动，参加活动必须带自己的作品，详细介绍创作意图并接受导师点评，这样就使每个成员保持经常的创作状态。可以说，这样的活动频率，在有关社会团体中是比较少见的。

其四，作品要求严。诗词社坚持恪守格律进行创作，公开打出"格律派"的旗帜。《社员守则》对全体社员的要求是："旧瓶装新酒，体现新生活。无病不呻吟，无情不弄月。"

其五，研习方式活。针对诗词社成员创作水平参差不齐的情况，采取不同的研习方式。主要有：个别辅导、集体研讨、习作点评、作品展示、组织采风等。目前为止，诗词社成员已多次在静安区的大型文化活动中展示自己的风采，受到有关方面和诗词界的关注与好评。

其六，作品发表多。诗词社提出"（诗词社）生命在于发表"的口号，把活动、创作、发表结合起来。一年半以来，诗词社成员的作品已多次在新民晚报、静安时报、上海诗词、诗铎等报章杂志丛刊上发表。2013 年起，诗词社在新民晚报开设"静安诗草"专栏，已开出二十多期。社员的作品精选集《静安诗草三百首》已于日前正式出版。

我们有信心、有能力，进一步调动大家的积极性，把静安诗词社办得更好。

【静安诗词社作品选】

● 陈　波

水戏台

圆木穿珠一扇排，半环水榭藕花开。
拱桥新月乌船至，青瓦祥云紫燕来。
集古观今方寸里，连天接地大千裁。
舞台上下谁投入，百态人生烛照怀。

● 陈剑虹

秋游石公山

烟霞润色艳行阡，寸寸光华入画笺。
游目流丹峰伴阁，置身静绿水连天。
三秋日月成双照，一线阶梯浮半仙。
我是蓬山几回客，寻幽揽胜净心田。

● 房焕新

故　乡

农时四野日苍黄，起伏田间稻谷香。
不谓寒蛩成别客，却怜孤雁损闲肠。
虚帘深翠悬蒲日，隔院轻阴扑枣霜。
村落无人刀割远，东篱丛菊总难忘。

● 郭幽雯

秋游吴淞炮台湾

云走碧空秋水长，芦花摇曳桂飘香。
潮平潮落江天阔，雾去雾来林木苍。
钢渣回填黑丘固，浅滩遍植绿茵芳。
炮台兵器非闲置，如见烽烟记国殇。

● 胡晶章

峰峦

峰峦叠翠锁云中，飞石瀑流奔水东。
消暑何须觅胜处，怡人最是自然风。

● 林美霞

诗

俞伯牙

流水高山绝世吟，子期不见碎瑶琴。
汉阳辞去相挥泪，秋月重来别有心。
暗暗思君伤六腑，滔滔论曲值千金。
知音难觅一人足，阡陌纵横何处寻。

社

● 吕　霜

清明祭

丛

轻烟漠漠锁陵园，草色连天雨泪浑。
欲问冥间凉薄否，只哀老屋暖温存。
不须寒食悲霜露，何待清明感德恩。
每见梨花堆白雪，万般情愫总牵魂。

萃

● 钱海明

游万亩桃园

丹云落平谷，人隐在芳丛。
车过红英雨，香消柳絮风。
农人挥汗帕，游者立欣瞳。
胜日春情暖，讴歌上苍穹。

● 王建国

同诗友观桃花未成

踏青时令客如麻，隔水芳菲艳若霞。
人面何期三月梦，平生谁不负桃花。

● 王 茜

步杜牧九日齐山登高韵

思巢倦鸟掠人飞，漫下云梯入翠微。
瑟瑟松风吹酒醒，苍苍山月荷锄归。
行随远道求真谛，静向流川觅素晖。
独洗心光言不得，湛然未惜露侵衣。

● 夏春锃

知 青（古风）

一梦家国事，偏地把犁锄。
村色牛羊外，山冷霜雪余。
水患遍生鼠，觅食偶炸鱼。
倘有友人到，犹可剪时蔬。

● 张燮璋

题红梅图

无情时代知情物，且喜新年胜旧年。
缓展画图惊绚烂，长吟诗句惜留连。
暗香渐透枝头雪，疏影轻撩笔底烟。
多谢关山月色好，红梅伴我一生缘。

● 张永东

春日早行

鸟藏高树已欢啼，烟绕危楼云脚低。
雨歇寒风侵入骨，前途惟见雾离迷。

● 周樑芳

行香子　乡愁

　　白练灵湫，翠谷清眸。锡山麓、年少良俦。书
诗共诵，品学倡优。处樟溪畔，四明府，在明州。
　　时过乙未，岁值金猴。亲情续、喜上眉头。孝
心祭祖，后裔分忧。渡甬江水，回乡路，是乡愁。

● 余德馨

战　友

投笔从戎万里征，五湖四海聚军营。
协同作战真袍泽，掩护交锋胜弟兄。
洒血一隅齐献捷，建功异域不争荣。
白头重见问寒暖，笑忆当年奏凯声。

● 杨　勇

冒雨去诗社

春红落尽绿成荫，乱雨狂吟艳骨侵。
伞下何人追岁月？匆匆步履向诗林。

诗

社

丛

萃

● 裘新民

梦陆游

安得忠心为徇公，夜开户牖对天穹。
爱梅或是芳菲事，射虎岂因狐兔空。
青海月明旗卷石，剑门雨急马嘶风。
觉来休道三更梦，不见跟前陆放翁。

● 徐　炜

空气污染

轻车往复各啼乌，百里楼台一望孤。
乍起尘霾开十面，宿栽杨柳没重湖。
谁知晓日风前黯，不断熏烟夜半呼。
狐鬼遍迷歧路里，东君何处卖桃符。

● 王立达

圆明园

深秋御苑草依稀，飞入宫墙唯野鸥。
暖阁击瑚曾不吝，戟门还矢竟嫌迟。
昨烟到处销文藻，绝代于之有断碑。
六下贤人江左后，风流肯允共今时。

● 裴增光

鹧鸪天

流落红尘几世痴，香魂无觅怨空枝。两行清泪
衣衫湿，一树碧梧星宿稀。　　思渺渺，恨迟迟，
残杯抛却断琴丝。多情自古多惆怅，心事缠绵唯
月知。

上

海

诗

词

● 徐晓晖

秋

秋波漾漾映蒹葭，芦叶寒枝宿晚鸦。
穆穆青山鸿雁过，晴空一字向天涯。

● 谈俭华

太湖源顶上人家

云峰顶上农家客，揽雾烹茶逸草庐。
一众鸿儒谈笑后，剪裁妙语赋诗书。

● 张茂浩

俞大猷

征战有谋雄九州，兵家虚实易经求。
心存贞节平倭患，功泽海疆容泊舟。
贬损不忘家国事，褒扬更悯士民愁。
敬贤箴谏稳天下，无限江山芦荻秋。

● 葛 亮

咏静安寺

宝刹由来百代身，林阴隐约旧山门。
绿云洞澈僧何在，虾子潭深谁与论。
沸井有声台是镜，吴碑无语桧为魂。
燕寻古渡红尘里，斋鼓斜阳月半昏。

"静安八景"谓涌泉（又名沸井）、赤乌碑、陈朝桧、虾子潭、讲经台、沪渎垒、芦子渡、绿云洞，现静安寺西侧回廊内有八幅石刻浮雕，俱为庙产。

诗

社

丛

萃

● 李鸿田

游亩中山水园

世博临江名播扬，亩中山水袖珍藏。
雨轩桥影落斜月，石笋松风卧曲塘。
满树梨花飞似雪，半池荷叶醉犹香。
露红烟紫疑仙境，一馆一亭连梦长。

上海世博园有一袖珍花园，称"亩中山水"，其中雨轩、桥影、石笋园、松风亭均是该园景点之一。

● 葛海熊

青玉案　和莫老吟诗客

从戎投笔如东客，弹雨过，诗词接。旧雨新朋通脉落。流光辗转，词心依旧，但恨无缘识。　　作词游刃情殷切，隽永雄浑写风月。韵海悠悠秋影碧。敬贤尊老，低吟高唱，宾主心诚悦。

云 间 遗 音

【丁锡满诗词选】

周巍峙前辈祝寿辞

与文化部原部长、全国文联原主席周巍峙前辈久违。癸巳端午节前，朱晓华、李伦新、陆澄、周正宜与我相约同赴北京看望周老。周正宜书寿匾，朱晓华命我在寿匾上题辞如下：

古有周公，国之大贤。

今有周公，人之范典。

德若高山，巍峙天边。

学如大海，容纳百川。

领军文化，功垂史篇。

寿高九八，行若少年。

自称小周，童趣盎然。

可师可友，吾辈喜欢。

祝觚请觞，共仰文仙。

纪念习仲勋同志诞辰一百周年

今年10月5日，是老一辈革命家习仲勋同志诞辰一百周年。习仲勋原名中勋，陕西富平人，1926年13岁入团，1928年15岁入党，至2003年5月24日去世，为推翻旧世界，建设新中国而奋斗了七十六年。从参与创建陕甘革命根据地任陕甘边区苏维埃政府主席到中共中央政治局委员、书记处书记、国务院副总理、全国人大常委会副委员长，毕生为国为民，功勋卓著。

一

倭寇豪绅两相煎，愁看泾渭泪成川。

若非赤血浇黄土，安得青山有白天。

二

民在心头国在肩，东风习习逐狼烟。

红云飘过关中地，勋业长留陕甘边。

三

幸有先贤育后贤，滔滔沧海变桑田。
龙人百代同追梦，胥梦依稀在眼前。

鹧鸪天　喜读十八届三中全会六十条

搏浪轻舟仗艄翁，犁波扫海逐飞篷。每当历届攻坚会，必起换天改地风。　　新万象，变千宗，秋光艳艳照花红。昔年涸鲋逢春雨，浅水细鱼也化龙。

桃源洞怀古

绛帐胡麻何处寻，仙宫无迹恨云深。
桃花流水今犹在，惆怅溪头忆故人。

《幽明录》载，汉明帝永平三年（公元62年），剡县农民刘晨、阮肇入天台山采药，路迷桃溪，遇二仙女，邀进洞中，食以胡麻，宿以绛帐，半年后返乡，已隔七代。再入天台，仙踪无觅矣。后人把刘、阮遇仙处的小溪称为惆怅溪。甲午元宵作。

雨中凭吊当涂李白墓二首

一

半世漂零半世贫，江湖沦落寄孤身。
才高八斗诗千首，犹为饥寒去傍人。

二

青山僻处葬诗魂，寂寂荒原冷墓门。
自古怀才多不遇，苍天伴我泪纷纷。

睡起忆梦

溪边鸭蛋大如拳，一枕清凉午梦欢。
不到华胥寻极乐，重回牛背过童年。

采桑子　和吴梦

流光急急催人老，红树秋山，斜日孤烟，零落旧游谁与欢。　　不愁无乐自寻乐，心有春天，学做神仙，秃笔破笺续断篇。

祝贺川沙文联成立

一

翰苑春来一片霞，满堂高士聚川沙。
皆因国运昌文运，才有艺花伴墨花。

二

魁斗光芒升浦角，珠玑章句播天涯。
今朝疑是兰亭会，陆海潘江不胜夸。

上海楹联学会换届

新换桃符接大年，银雕玉砌景无边。
东风习习驱霾雾，一片春光在眼前。

八十自寿

转速匆匆恨地球，浑浑噩噩到白头。
好书应读何曾读，杂事该休亦未休。
每遇高人羞自我，更无佳绩比同俦。
平生且喜情缘厚，酒侣诗朋可唱酬。

【田遨诗词选】

过巫峡

十二峰峰转，苍崖云气深。
江流多转折，天色乱晴阴。
国事千年计，平生万里心。
何当烟水阔，快棹到仙浔。

友人为画红雨轩爬子图自题

一

画中我何似，大似抱窝鸡。
未必卵金蛋，不辞啄冻泥。
鹏抟驰想像，凤德待来栖。
雌伏君休笑，胸藏万丈霓。

二

煮字疗饥否，无言酒自斟。
牵缠真似茧，樗散不堪琴。
风雨无端梦，江湖未了心。
明朝看花去，预问是晴阴。

夜读定庵集

定公极目海天昏，独倚东南有泪痕。
万水千山沦夜雨，一箫一剑簸春魂。
当年空说公羊学，大地深悲万马喑。
细读遗篇思注解，森然鳞甲恍难扪。

题黄山云海图

黄山旧梦未能忘，忽喜黄山逼卧床。
石老烟荒松夭矫，云愁海思鸟微茫。
身随千嶂浮沉里，心接九天风露凉。
欲为人间消偪侧，画中权作小仙乡。

旧梦：指作者曾去黄山。偪侧：杜甫有《偪侧行》，引申为狭窄。

六十书怀（1978）

依旧楼头夕照红，当年簸荡雨兼风。
尚留老眼看今日，深觉霜毛负乃公。
肮脏才情人落落，萧条书剑梦匆匆。
忽临长路愁腰脚，独倚南天送过鸿。

有　感

《上海诗词》编委会上，主编萧挺提出，诗词应反映现实反映时代，余有同感，因补述己见。

欲问诗坛近若何，花枝高下自婆娑。
辞情慷慨名篇少，饤饾零星滥调多。
雷雨八荒应入抱，生涯百态尽堪歌。
筝琶歇处听天籁，悬瀑轰鸣鸟语和。

漫　兴

北国南来月乍弧，年年惯是一身孤。
文章八九投秦火，风雨三千感客途。
楼下花车知嫁娶，街头菜价见乘除。
自知拙钝无他技，白发寒灯且著书。

梦游太湖

时五十初度，在牛棚。此系旧作，写小纸片上，捡出抄录。

梦中忽到旧苔矶，寥阔湖天一振衣。
放眼三万六千顷，回头四十九年非。
山川草木还相媚，牛鬼蛇神与世违。
知命之年难知命，眼前徒见乱花飞。

自题小照

吾与吾兮一笑逢，活人死相马牛风。
装模作样非真我，少黠多痴是乃公。
吾类伯龙招鬼笑，君如阮籍泣途穷。
驻颜却羡君难老，不似衰颜仗酒红。

生　涯

懒看华厦映华灯，独对窗前月半棱。
觅醉怕逢无赖贼，索居甘作有毛僧。
眼前懊恼迷凫乙，笔底荒唐托鹓鹏。
如此生涯人老矣，尚飞狂梦绕云层。

答石窗老

闻所未闻辄惊诧，好吾所好自追寻。
不知系日绳长短，懒问从商海浅深。
斗室心如云外鹤，人间谁省爨余琴。
先生诗句多潇洒，大慰江南倦客心。

先母忌辰作

暌隔经年一省亲，几曾相守问晨昏。
而今常洒思亲泪，到死终为负罪人。

云

间

遗

音

金缕曲

野翁见过，小饮佳话。

酒户何妨小。趁今宵、一杯在手，聊倾怀抱。座上白头谈往事，历历如谈天宝。更自诉、风华年少。恍在西湖烟水畔，见先生绿鬓朱颜好。重相认，已垂老。　　寒灯照壁深更悄。又一番、炉边谈艺，酒酣欹帽。畅说横眉传诵句，中有飞来诗料。陡惹起豪吟清啸。我辈馀生肝胆在，唤窗前、明月来相照。风飒飒，起林杪。

酒户，酒量。飞来诗料，鲁迅自谓"偷得半联"，半联是郁达夫戏语。

金缕曲（1979）

十年前抄去书籍若干册，近归还约十分之一，佳本尽失，惟残编败简，罗列盈几。词以醉之。

得失何须计。任床头、黄金聚散，无关悲喜。还我旧书三百卷，一笑置之而已。况半是蠹痕鼠屎。无奈丹铅馀癖在，又夜深、灯下翻残纸。书有恨，皱纹起。　　将军百战含冤死。叹多少、挂甲荒屯，囚车燕市。一代文章成粪土，何惜丛残图史。念只念所馀无几。已分虫沙同澅落，算重逢、不过偶然尔。沉思处，灯光紫。

沁园春

余生肖属马，友人绘《倚树老马图》祝余离休，感赋。

老马嘶风，老树无言，此意苍凉。念马齿徒增，自应伏枥，树头渐秃，已惯凌霜。踏遍崎岖，饱经雷火，劫后欣闻草木香。江山好，余年年岁岁，负了秋光。　　平生痴钝疏狂，幸材不材间差自强。况阅人老树，略知今古，识途老马，犹恋疆场。处处芳菲，人人英发，拨正乾坤试手忙。中有我，恰诗情未减，发短心长。

蝶恋花

　　夜夜惊心无好梦。梦里游魂，一任风吹送。才苦灵芝无处种，寻仙又被云封洞。　　总是平生磨难重。劫后归来，孤枕无人共。拟种良轩招彩凤，乱鸦偏噪闲丘垄。

清平乐　游杭数日有作

　　阴晴不定。渲染湖山胜。才是四山烟雨暝。又漏残阳峰顶。　　人生也有阴晴。几番快笛哀筝。我自沿湖前去，任他柳暗花明。

水调歌头　为亡子作词悼念

　　北客报儿病，促我速回程。怪客言词恍惚，不免半疑惊。到家急问儿病，家人但有悲哽，老泪忽纵横。儿竟先我死，风雨杂悲声。　　儿非病，因救人，竟捐生。生前多少好事，忍泪我初听。最怜年未四十，抛下孤儿寡妇，生死两牵情。百恸还一慰，遗烈照云星。

　　儿光普在济南铁矿任一采区副主任，因二采区发生险情，他下井救人，英勇牺牲。他生前助人为乐，曾两次救人，但从不自炫，牺牲后始闻矿上谈及。儿三十九，小孙仅十二岁。儿牺牲后被追认为烈士。

九州吟草

● 郑欣淼（北京）

水调歌头　贺韩美林银川艺术馆开馆

塞上烟云古，河水泽绵绵。半生上下求觅，到此眼才宽。惊世奇瑰岩画，无语厚醇风物，深閟贺兰山。筑馆意何限，念念在源渊。　绮云思，斫轮手，总跻攀。红尘惯见风雨，成就一家韩。遐接千秋精魄，迩感四方灵韵，顶礼地和天。啸傲快心处，八秩正痴顽。

● 徐章明（河北）

玲珑玉　敬题郑欣淼先生浣尘集

先赋榴花，绽英蕊、凤吐临潼。淘沙畎亩，策疏披写鸿蒙。廊庙高才倜傥，更骅骝蹄压，悬圃流风。云浓。叠青春、飞雪卧虹。　莫道京华客倦，纵红楼归晚，莲炬犹融。宝笈石渠，待君开、绝学深宫。消磨沈腰潘鬓，怎遮得、峰峦过雨，眼际山葱。烟尘净，透初衣、天色海容。

吐凤，《西京杂记卷二》："雄（扬雄）著太玄经，梦吐凤凰，集玄之上，顷而灭。"后以吐凤之才喻擅写文章之人。作者最早一首诗《临潼石榴》作于1966年。畎亩，指田地。《孟子告子下》："舜发于畎亩之中"。作者在陕西省委政策研究室工作期间，常深入乡村调研，撰有多篇报告，后集为《畎亩问计》。廊庙，庙堂。借指作者任职中央政策研究室。悬圃，《淮南子地形训》："昆仑之丘，或上倍之，是谓凉风之山，登之而不死；或上倍之，是谓悬圃，登之乃灵，能使风雨。"此处借指昆仑，作者曾于青海任职。红楼，指国家文物局办公地红楼。作者从青海回京后任职文物局。绝学深宫，指作者于故宫任上所倡之故宫学。

● 孙　哲（辽宁）

腊月廿七日赋春字

残腊梅开每唤春，南窗寒雪育芳尘。
一朝一暮即除夜，万是万非空累身。
何必浮名闻后世，不应德业愧前人。
江山有我亦无我，坐看星回气象新。

对　月

推窗怕不见婵娟，早有清辉洒九天。
星汉依稀火树里，诗肠牵挂故园边。
轻寒入面如春浅，倦客归心恰月圆。
慈母今宵应不寐，霜华传语也无眠。

● 左代富（四川）

瑶台聚八仙　车上玉米鲜饼铺

石厚磨圆，随手转、三尺道径回旋。水和新米，流出玉液如涓。炉底幽风吹火旺，芬芳乱醉小炊烟。路绵绵。走来远客，难舍香甜。　　夫妻学会绝技，妙艺传巧手，案上熟贤。大饼浓浆，含笑送到人前。细瞧素食入口，猛吞下、才知惹嘴馋。由衷看，更爱车货铺，久久情牵。

梅词　咏梅

染霜沾露，养得琼枝孤放怒。雪润风花，一片红颜似晚霞。　　泛香解语，欲盼朝来又归去。艳色虹波，看见千林未觉多。

九

州

吟

草

有感诗神

京华颁奖日翻新，又讶诗坛怪事频。
何止有钱才使鬼，买名今已到封神。

某景观大道施油漆以绿衰草有感

欲教愁草现欢容，疏泼青苍密点红。
油彩果能干气象，江山始信画图中。

读 史

惊天事业记春秋，万死辞家去不留。
恣意瀛寰供整顿，无情沧海怅横流。
千年帝制唯除辫，一日民权未到头。
大地剧怜风雨遍，可堪多难古神州。

● 叶其盛（广东）

咏 史

黄河随曲变，绿柳顺风扬。
楚汉秦宫灭，曹刘汉阙亡。
成王非败寇，败寇是成王。
一只中原鹿，千回网底装。

游古琴台

高山流水觅知音，何奈难逢旷世琴。
借得月湖烟雨景，寻回诗意听涛心。

阮郎归　世情

人情世态本文章，难将世事量。板桥卖画慰饥肠，霸王枉弄枪。　　他谢幕，你登场，连场戏最僵。唱完三国唱西厢，谁来正宫商？

● 郑志华（浙江）

野　菊

坡前忆旧香，岭上叹初阳。
簇簇生珠蕾，盈盈放碧光。
植根深缝隙，翘首待风霜。
一夜新寒至，迎风着靓装。

暮　秋

秋意浓浓总费猜，霜花何日歇窗台。
但看黄叶千千落，犹有梨英独自开。

● 涂继文（江西）

村居垂钓

野渡无人傍水居，孤心只共晚风娱。
惊飞白鹭天涯远，只钓秋声不钓鱼。

忆江南　游黎河

黎河美，风送捣衣声。鸥鹭惊飞倏忽起，画楼笙鼓月澄明，高阁幻虹灯。　　黎河美，穿越古桥头。远近青山留胜迹，桐城一脉逞风流，到此复何求。

● 邓寿康（广东）

秋宵偶感

捋看长须不再青，人情世故晓难停。
泛洪抱柱心无悔，察事题诗酒诓宁。
明灭漫听星有憾，往来时忆梦曾经。
一庭婉约风细细，顾影飘萧未忘形。

虎门行吟

一、销烟池旧址怀古
海左象前秋气催，焚烟壮卷逼眸来。
凛然剑气蛮夷忕，荡扫毒霾晴簌开。
恨是忠良奸宦妒，偏安国祚殢瘵哀。
拟从社稷思强骨，且向清池听隐雷。

二、威远炮台奉怀
镇海拦江虎塞巍，响礁连浪拍鸥飞。
行闻鏖战声雷烈，来唤苍关铁血归。
壮士捐躯慷许国，百年辱事醒危机。
吴钩凝聚英雄胆，驱舰汪洋靖远威。

● 朱洪滔（江苏）

吟 菊

风姿非上品，差强入中流。
牡芍分初夏，黄花独一秋。
若无陶令惜，哪得盛名留。
钓誉皆如此，谁人复觉羞。

冬日感怀

依依原上柳，澹澹水中舟。
老燕携雏去，残荷伴藕留。
日炎方恨夏，冰冻始怀秋。
倘若能先悟，何来眼下愁。

● **李寒松**（河北）

杨花吟

半春心事半河浓，一片晨光一岭风。
万树杨花飘四野，悄然上下任西东。

一　度

一度春风一度痴，五湖山水五湖诗。
经年身与白云老，笑语金风独有之。

● **徐　辉**（江苏）

十一世班禅坐床二十周年

廿年勤勉收精义，三步通明见宝衢。
花雨缤纷金顶亮，珠泉潋涣绿芽苏。
素闻正教皆安国，更喜高僧握化枢。
雪域红山禅诵远，法云织出瑞莲图。

十一世班禅解《心经》之"心"曰：修得"无上正觉心"可
分"凡夫之心、圣者之心、成佛之心"三层次。

● **祁寿星**（江苏）

幕府山秋望

江南天气好，百里见轻舟。
云淡三行鹭，泷宽数点鸥。
绿原秋色晚，娇草暮容羞。

九

州

吟

草

自古风流地，听涛放远眸。

幕府山，南京一山脉，位于长江南岸，属金陵四十八景之一。

诗的孤独

幕府亭边放眼量，凭栏谁与诵诗行。
文坛入目凄凉色，笔箭穿心落寞乡。
去日同仁皆少见，昔年挚友半逃光。
言愁难作凌云赋，一唱三叹欲断肠。

● **姚晓明**（江西）

赣沪路上

疏林远廓人家树，稻谷如金万顷铺。
穿山越水车行处，总是江南锦绣图。

菩萨蛮　外滩夜

画楼炫彩云中树，千灯映塔琼波舞。人影动花帘，清歌缈似烟。　　瑶姬池上步，夜市花如雨。对镜理云鬟，心飞黄浦边。

● **翟红本**（河南）

登沧浪阁

路转掩青篁，登临文运钟。
檐吞天际浪，势小岸边峰。
鸟舌啼诗话，岩风扫钓踪。
古樟知往事，飒飒敞心胸。

沧浪阁位于邵武市熙春山公园内，背临富屯溪，始建于明万历年间，为纪念南宋诗论家严羽而建，阁西有岩石突兀，人称钓鱼台，当年严羽不论寒暑，常身披羊裘在此垂钓，以寓奸佞作乱，寒暑颠倒。严羽，约1192年出生，字仪卿，又字丹丘，邵武拿口人，因他屋后有山溪水汇入莒溪，名沧浪，故别号沧浪逋客，世称沧浪先生，著有《沧浪诗话》。

游相思洲

倦了喧嚣倦了楼，云高结伴水烟洲。
竹林雨洗遮幽径，石器风磨认古秋。
种梦田园翻作浪，穿花鸟语解成羞。
此船行在西江上，只载相思不载愁。

相思洲位于广西平南县思界乡西江河段，状如大船在江中逆水而上，是集度假、养生、养老、观光农业为一体的核心旅游区。洲上竹林成荫，风光旖旎，新石器遗迹距今有六、七千年的历史，是平南县文明的起源。

● **郝翠娟**（北京）

春 笺

馀晖照水一江红，水岸花枝各不同。
杏眼萌萌开半树，菊英怯怯举娇蓬。
人间遍是葱茏色，碧落初悬白玉弓。
莫问春阴还几许，馨香入画谢东风。

浪淘沙 深秋雪霁夜有作

新雪绽枝头，妆点层楼，半钩弦月不知愁。万里关山今又是，素裹深秋。 漫忆旧时游，车过平畴，些些辙印被风收。多少光阴藏故事，只付东流。

● **颜 静**（湖南）

故里访友

归鹤斜阳里，西风吹眼眉。
流云栖瓦角，啼鸟唱窗枝。
荤素两盘淡，主宾三盏痴。
点灯寻往事，弦月意迟迟。

临江仙　云烟桥

弦月依然如梦，石平镜影朦胧。长堤疏柳小桥风。半湾流水远，两岸落花空。　　向晚烟霞买醉，归来已负情钟。孤光寒碧意融融。栏边无故事，心底有惊鸿。

● **徐小方**（江苏）

秋　思

春秋隔夜冷霜知，别意空空念念痴。
闲数落花翩似雨，是君赠我惜花诗。

踏莎行　苏小小墓

孤冢清魂，翠松黄土，慕才亭下凝眸顾。青骢油壁结同心，未能系得萧郎住。　　半月勾栏，幽兰泣露，啼痕恨雪携尘去。西泠湖水恨悠悠，一书承诺终成负。

● **刘曙光**（湖南）

归　来

柳色莺声遍地春，满城衣紫逐时新。
青衫一袭山云在，潇洒归来未染尘。

站　台

离歌偏不唱阳关，一任无言到笛残。
从此站台时入梦，梦中微雨立斜栏。

与诸君漫步得句

吟诗总觉欠高奇，直到春来未解颐。
忽听枝头歌婉转，原来好句在莺啼。

● 吕文芳（福建）

金秋走访农村留守人

秋雨已梳霜叶红，满坡枣柿挂灯笼。
良田数亩举家乐，硕果几吨销路通。
留守儿孙陪左右，打工子女走西东。
乡间稻菽谁收割，自有婆姨与老翁。

游子思乡

秀水潺潺顺谷流，南山放牧乐悠悠。
万根翠竹掩村尾，一路香花接渡头。
芳草丛中蝉唱曲，晚霞背上鸟蹲牛。
摸鱼摘果归来晚，错把斜阳揣进兜。

● 张顺兴（吉林）

题龙虎碑亭

一碑扪国门，百载大淳魂。
龙虎气犹在，中华跃瑞墩。

吴大澂（1835～1902），初名大淳，江苏吴县人，同治进士，晚清著名书法家、金石学家，工篆书。据《珲春乡土志》载："清光绪十二年会勘中俄边界大臣吴大澂曾篆书龙虎二字，刻于石上留作纪念，俗称龙虎石。"吴在勘界谈判中据理力争，争回了黑顶子地方和图们江的航行权。

重返延边上海知青点

绿杨迎迓小村庄，老屋窝雏燕子梁。
院落炊烟农户客，打糕米酒酱汤香。
数年稼穑情如故，一别春秋鬓染霜。
谁解临行迟豫意？韶华归梦系山冈。

打糕、米酒等都是朝鲜族传统食品，酱汤尤其香。

鹧鸪天　又见银锄湖

银锄湖位于上海长风公园内，是我儿时玩耍和知青探亲回城集聚之地。此次回沪重游深有感慨，乘兴而作。

久别常思梦境临，迄今相觑绪缤纷。四周耳熟江南忆，一鉴波开诗画音。　　风弄叶，鸟惊魂。青葱岁月白头吟。回肠旧曲湖滨起，碎了云霞影满襟。

观
鱼
解
牛

格律诗，向当代散文"扩群"

● 锦　文

　　作了多年的格律诗，发了一批诗作，出了一本选集，照理可以心满意足了吧？恰恰相反，竟有些泄气，感觉自己费心吃力所作的格律诗，读者毕竟太少、影响实在太小。才思浅薄、作品平庸且很难再进一步，诚然是重要原因，但绝不止于此。因我发现，比本人优秀得多的格律诗人及其作品，同样难以赢得更多的读者，将读者圈从诗词界有效地扩展至社会各界——由挨骂而暴得大名的个例，自当别论。有人打趣，说是当代格律诗的作者数量，略等于格律诗的读者数量，他们几乎是重合的，且时常为了谁为正宗、谁是冒牌的问题，争论不休。

　　话虽说得稍过，事却近乎于实。尽管当代格律诗名家甚众、佳作甚多、书刊网站甚密，但无论创作（创造审美）、欣赏（接受审美）还是传播（媒体），其小众化格局已非人意和人力所能马上改变，欲在全社会形成一次关于格律诗的正面话题，几无这个可能。孔子曰诗有"兴观群怨"四大功能，我以为当代格律诗在"兴""观""怨"上均不虞匮乏，许多当代格律诗人既有观念、又有情感，既有赞美、又有批判，并能在观念与情感间产生创造、于赞美或批判中树立理想。他们的部分佳作既继承了古典美，又体现了当代性，更有不少论文对此作了经验总结与理论提升。

最大的问题，出在了"群"上。在主流文化语境、文学形态的巨大变迁中，格律诗的社交功能、社会力量渐趋弱化，导致其感染人、说服人、凝聚人的社会作用变得衰弱，最终式微到了渺不足道的程度。"群"小了、"群"没了，"兴""观""怨"的作用自然就小了、就没了。因此，当代格律诗的瓶颈在于"群"，当代格律诗的要务在于"扩群"，即扩大其社会交际面、增强其社会交流力。然而，由于篇幅极度简约的特征、内容高度浓缩的特质、欣赏比较曲折的特点，格律诗在泛言的当代基本无力实现自身的"扩群"。当代格律诗人有必要一方面通过搭乘新的交流模式及载体尝试"扩群"，一方面将格律诗中的"兴""观""怨"打入当代通行文体尝试"扩群"，后者包括将格律诗的极简特征、浓缩特质和曲折特点，向当代通行文体进行有意味的"繁化"、"稀释"和"伸展"，这是实现格律诗精神内涵的向外"扩群"的核心内容。

从中外文艺体裁主流地位变化的进程看，这种"扩群"的可能性不但存在，且不乏成功之例。例如，尽管十四行诗被自由诗替代、古典主义绘画被现代主义绘画替代、"三一律"戏剧被现实主义戏剧替代、明清话本被章回体小说替代、戏曲被话剧音乐剧替代，但前者的创作理念、手法直至底蕴、韵味，仍或多或少地影响着后者、介入了后者，且被后者延续了下来、推广了开来。曾经主流体裁的创作理念和方法，被分解细化、掰开揉碎成微小的元素，植入了新兴和流行的主流体裁之中，如古典芭蕾的某些元素进入了现代芭蕾、戏曲的写意表演进入了话剧的写实表现等。由于后者的每个具体作品，其古典美融入当代性的角度与程度不尽相同，因而产生了不同角度与程度的"熟悉的陌生感"或"陌生的熟悉感"，变得更丰富、更自由、更先进了。需要注意的是，曾主流、现主流两者在概念上已经分清，无论创作、欣赏还是传播层面，在每个人的心中既泾渭分明，又有古典美与当代性的心照不宣的关联。同时，十四行诗、"三一律"戏剧、传统戏曲仍有人在写、在演，可谓泾渭分明却又同流并进，阵容扩大一倍，却不

观

鱼

解

牛

会发生"谁是正路子、谁是野狐禅"的争论。反观格律诗界，则依然在这个低谷纠结徘徊，久久不能超越。

当代格律诗的元素或显性、或隐性地进入当代散文，不仅是可能的，而且早已发生并获得了成功。中国古代就有"诗文不分家"的传统，绝大多数的诗人就是散文家。不过，这条传统经常因某个古人在诗文上的成就高度、流传广度不同，而被后人分隔开来，变得一头偏重到完全代表此人全部成就，一头则轻微到了可以忽略不计的程度。除苏轼等极少数外，今人往往只记得某位大诗人的诗而不记得他的文、只知道某位大文豪的文而不知道他的诗。至于诗文之间的关系，就更不会去留意了。例如，秦观本人最引以为傲的，并不是他填的词，而是他撰的文，当时文坛人士包括他的老师苏轼在内，也都是这么认为的。韩愈作诗取文法、苏轼填词取诗法、辛弃疾以散文入词，均为两手兼擅、加以融汇创造而至峰极。据此推理，当代格律诗同样应具备再度进入当代散文、复兴这一传统的能力，前提则是对"诗文不分家"的传统，须作一番重新认知；对将古典美与当代性融为一体的方法，须作一番有效探索。

今天看来，格律诗在初、盛唐形成并成熟、鼎盛后，其所创造的主客观效应，应该是超出了古人的初衷，即不仅是对字数加以规定、对音律加以调谐、对格式加以美化，且由此产生了以"形式的理性"控制、驾驭"内容的感性"的功用。中国的诗，本质上是主情的，所谓"情志"而非"志情"，意即"情在志前""先情后志"。由于"情"的不稳定、难掌控，"志"也往往变得不明了、难表达，同时在形式上不规范甚至于杂乱。格律在彰显形制之美的同时，能对"情"起到一定的控制与导引作用，继而提升"志"的理性含量，提升诗的精炼、韵味之美。事实证明，格律诗在古风和乐府所构建的高原上，形成了一座座的高峰，这或许也是"发乎情、止于礼"在诗史中的一次具体显现吧。当然，因格律而产生的形式主义创作倾向在所难免，为宋诗的中下之作、明清诗的应制之作开了宽广的沟渠。由此，我们不难得出如下结论——无格律易导致感性泛滥而流失诗的文学性，有格律易导致理性强硬而扼杀诗的文学性。但是，即便有再多扼杀文学性的格律诗出现，也不能掩盖格律对中国诗在"情志"关系上的本质性贡献。

实际上，中国的新诗同样经历了从感性过渡到形式控制的相像的历程，初是胡适的口语化、蒋光赤的狂叫派，颇有点类似古风、乐府等民间歌谣，只是作者从不专业的诗人换做了专业的文人；此后新月派、现代派出现，主张"理性节制情感"的"新格律诗"，并在理论上得出了"三美"（音乐美、绘画美、建筑美）的标准和"纯诗"（本质的醇正、技巧的周密、格律的严谨）的范式，只是他们效仿的不是中国格律诗而是西方十四行诗。现代派象征主义的代表诗人戴望舒，其佳作使新诗达到了文质兼备、中西合璧的佳境，此后数十年效仿者众多。另外，中国的话剧也经历了类似从"没规矩"到"有规矩"的过程，从演员的即兴表演直至编导演舞美各门类齐全、分工协作，都是用形式上的渐趋规范，介入对内容上的情绪掌控。"内容决定形式"，固然是一条真理；但形式有主观性地改变内容表达的能动力，并始终在发挥其积极作用，同样是事实一桩。互联网时代的莅临，相信能使人们更直观、也更深刻地发现形式与内容的对等互为关系。

当代散文，总体正处过于随意、碎片化和粗鄙化的状态。这不仅不利于这种体裁的文学性的生长，更有从创作（创造审美）、欣赏（接受审美）和传播（媒体）上全面地拉低其既有文学性和文化品位的风险。回想二十多年前"文化散文"崛起，可视为藉"历史""文化"和"在场"，来拯救当时散文因过于随意甜腻的感性而流失了的文学性。可惜的是，就连"文化散文"也在不久后被泛滥的感性所消解了。

当代格律诗的优秀作者及其优秀作品，已基本承继了包括古典诗词在内的传统古典美，且越来越自觉地介入对当代思想情感的抒写。只因"诗文不分家"的传统在 20 世纪中叶发生了断层，导致当代格律诗人大多不擅散文，当代散文作家则很少能写规范的格律诗的现状。这一条从唐

观

鱼

解

牛

宋发端、元明延续并在清朝出了曹雪芹，在现代出了鲁迅等巨擘的传统，已几乎彻底地湮没了。有人认为，由于"文革"的历史断层过大过深，以及"改开"的文化负面效应，当代中华民族已成了一个没有历史感的民族，成了一个"非常年轻的民族"。传统文化和教育的断代，在仍为文言文底蕴的当代诗词与已为白话文底蕴的当代散文之间，已很少有人认为存在什么微妙的、内在的、必然的联系了。

纵然如此，却无法改变古今相通、文白相连的道理。这一点，从《红楼梦》为首的古典白话小说及其内含的大量格律诗中，可一览无余。我相信，当代格律的诗人会从文学的发展规律与自身的文化自觉出发，以自己的智慧和能力得出应有的论断、作出应有的行动。诗文相通、以诗入文，不仅应在创作层面加以实践，而且应通过对古典诗论、文论的关联性研究，为当代散文创作提供必需的精神底气、资源和方法，将格律诗的章法建构、意境营造、字句冶炼等各方面的优质元素植入正日趋"水化"的当代散文创作。此举大而言之，是为了复兴这条古已有之的文脉、弘扬这一中华传统美学精神；小而言之，是为了当代格律诗的"扩群"、当代散文文学性和文化品位的提升。最后还须一提的是，此举不但不会影响当代格律诗人的格律诗创作，反而可能催生当代格律诗创作突破、进步的希望。

从呼唤古典美说开去

● 傅　震

近日，上海市作协和诗词学会举办了《古典美与当代性》研讨会。旨在探讨当代诗词和散文创作如何继承融合古典诗词美的问题。这个研讨是与时俱进的举措。

唐诗宋词是美的，可以说是集中代表了中国传统文化中的古典美。但是，笔者认为，唐诗宋词能够流传至今，并不主要源于它们的古典美。换句话说，中国文化史上经典文献的确立和认定，美学价值并不是首要和唯一的考量。一种文化能在早期就能确定自己的经典，是这个文化莫大的福气。世界上并不是所有的文化都拥有自己的经典。中国文化能够源远流长，历几千年而不中断，传统文化经典的认同和确立至关重要。史学家刘仲敬先生认为，经典是这个文化历史架构的栋梁，是这个文化发展高度的梯子，是这个文化的价值尺度和基本法。孔子修《春秋》，意在褒贬。司马迁忍酷刑，撰《史记》，绝非是为了写作美文。孔子说"诗言志。"可见，诗若无志，谈美何用？

魏晋文化给我们留下了"竹林七贤"的美好故事。竹子作为文化符号的美学价值也因此得以提升。但是，正如陈寅恪先生所说，"竹林七贤是先有七贤而后有竹林。"这个论断极其重要，他指出了竹林这个具有古典美的文化符号背后的东西。没有七贤之志，哪来竹林之美呢？梅兰竹菊之所以是中国文化中古典美的载体，完全来自于梅兰竹菊背后的东西，没有诗人们的志向、志趣、情志以及读者的共鸣，梅兰竹菊何美之有，与我何干呢？

然而，爱美之心，人皆有之。人们往往忽略了美背后的东西，而专情于美的符号。对于竹林七贤，不少人就会追究于这么美的竹林在哪里？比如郦道元在《水经注·清水篇》中，就附会这片竹林在河内山阳县。这就把雅致的东西把玩得俗了。陈寅恪先生指出："竹林则非地名，亦非真有什么竹林。"他说，"竹林"乃取天竺"竹林"之名，仅是"格义"而已。

由此可见，以往诗词散文中的古典美，只有在文化经典价值尺度所规范的内在可能性中，才能展现她的婀娜风姿。"诗言志"就是诗词古典美的价值尺度。因此，笔者认为，古典美与当代性的关系，首要问题是我们如何把握和展现当代的时代志气、志向、志趣和情志。否则，古典美必将失去生存的土壤。因为诗词中古典美恰恰就是古典时代志向的产物。网络上流传着把一段外国电影的对白翻译成诗经体、楚辞体、格律体、宋词体。作为玩弄文字机巧，确有可爱之处，但要说这就算古典美与当代性的结合，那便是扯淡。

古典美与当代性，不仅是个值得研讨的问题，更是一个急需实践的问题。虽然现实中，古典美与诗词散文创作渐行渐远，但我们更要看到，一批孜孜不倦，有"为往圣继绝学"抱负的文化人，正在默默耕耘着"诗言志"的文化田园。比如，胡中行先生用七绝格律诗的形式，针砭社会上一些不良现象，写了《文化杂咏》，配上孙绍波先生的漫画，在《新民晚报》上发表，赞许如潮。这是古典美与当代性结合的有益尝试，值得我们关注提倡。总之，要透过现实社会中功利主义的雾霾，用古典之美来展现时代的真谛谈何容易啊。我们这个时代是波澜壮阔的时代。实现中国梦，犹如一石激起千层浪，每一层的浪花都有它自己的精彩。当代文化人用"继绝学"的正心诚意，深入生活，去感悟"千古兴亡，百年悲笑，一时登览"，才能创作出"把吴钩看了，栏杆拍遍"的绝唱。

（本文原载 2015 年 12 月 14 日《新民晚报》）

略论"诗穷而后工"

● 何佩刚

"诗穷而后工",就是古代诗坛上流行已久的,一种关于诗歌写作的精辟见解。宋代大诗人欧阳修,在其所作的《梅圣俞诗集序》一文中写道:

> "予闻世谓诗人少达而多穷。夫岂然哉?盖世所传诗者,多出于古穷人之辞也。凡士之蕴其所有,而不得施于世者,多喜自放于山巅水涯,外见虫鱼草木风云鸟兽之状类,往往探其奇怪;内有忧思感愤之郁积,其兴于怨刺,以道羁臣寡妇之所叹,而写人情之难言;盖愈穷则愈工。然则非诗之能穷人,殆穷者而后工也"。

这段文字正式提出了"诗穷而后工",是诗人们切切实实总结诗歌创作实践后生发出来的体会,是经验之谈。"工"即是指把诗写得好,写得精致、深刻、完美,能感动人,具有征服读者的艺术功力。"穷"的含义更加丰富,对诗人更具有启发作用,至少包含三层意思。第一层是说,诗人家境贫寒,生活得艰辛者,能写得出好诗。此之谓人穷志不穷,其智慧和才思往往更充沛,加上写作态度认真、严谨,落笔能诚挚、向善,又勇于追求和创造,故易于写出佳作名篇。第二层含义是,诗人命运坎坷,遭受过挫折和压迫,处于窘困惨境,因而出之于沉郁、愤激、伤感,乃至发出不平之鸣，如此当能写出成功和优异的作品，足以感动和征服读者。第三层含义是，诗人要走向生活，向往"山程水驿"，开阔视野，多识草木鸟兽之名，乃至觅奇探胜，既富于大自然和社会的体验，又可获得丰富诗材，这样便能写得出多姿多彩、引人入胜的好诗来。

欧阳修指出的这种"穷而后工"的规律，在中华诗史上获得了充分的印证。不少文学家、诗人皆赞同此说，或者有相似的见解。唐人韩愈在《荆潭唱和诗序》中早就说过："夫和平之音淡薄，而愁思之声要妙；欢愉之辞难工，而穷苦之言易好也。是故文章之作，恒发于羁旅草野。至若王公贵人，气满志得，非性能而好之，则不暇以为"。其意思是"愁思之声"、"穷苦之言"容易讨好，而王公贵人们对山川景物和诗文艺事，非性情所好，以致不屑于去写作。明代王世贞《艺苑卮言》里继承前人的观念也说道："古人云'诗能穷人'。究其质情，诚有合者。今夫贫老愁病，流窜滞留，人所不谓佳者，然而入诗则佳。富贵荣显，人所谓佳者也，然而入诗则不佳。是一合也。"这里指出的贫穷与富贵的状况之差异，涉及的主要是人生状况。无非是贫穷的人生入诗，当容易产生感化和说服效应。欧阳修又解说过："至于失志之人，穷居隐约，苦心危虑，而极于精思，与其所感激发愤，惟无所施于世者，皆一寓于文辞。'故曰穷者之言易工也'。"（《薛简肃公文集序》)。可见，贫穷诗人作诗，着重在于表现其内心世界的真实性和深刻性，故而能写出好诗，感化和振奋于世人。

其次，关于诗人遭受挫折、摧残而处于发奋和抗争的景况。其实，这在整部中华文化史上，可谓案例频频，所有历代文字狱中，皆不乏种种"穷而后工"者。最早在司马迁的《史记·太史公自序》中就总述过："夫《诗》、《书》隐约者，欲遂其志之思也。昔西伯拘羑里，演《周易》；孔子厄陈、蔡，作《春秋》；屈原放逐，著《离骚》；左丘失明，厥有《国语》；孙子膑脚，而论兵法；不韦迁蜀，世传《吕览》；韩非囚秦，《说难》、《孤愤》；诗三百篇，大抵圣贤发奋之所作也。此人皆意有所郁结，不得通其道也，故述往事，思来者。"

司马迁提到的屈原，就是首屈一指的代表人物。屈原忠君爱国，为治国抗秦，富有才华与理想，却一再被佞臣群小进谗言而遭排挤和迫害，先后放逐于汉北和沅湘之间，过着精神上极其痛苦的日子，终投汨罗而逝。然而，这也成就了他在文学上的丰功伟绩，写作了《离骚》这样的抒情长诗，昭示世人，在身处绝境时应怀有的态度为"路漫漫其修远兮，吾将上下而求索"。屈原在政治上被逼到末路，而在文学写作上，加上《九歌》、《九章》、《天问》、《招魂》等一系列作品，却开辟了一个辞赋的灿烂时代。

唐代伟大诗人杜甫。他写诗一生，现留存一千四百馀首，可以说大都是伴着他的穷愁潦倒、饥寒漂泊的生涯而产生出来的。34岁到长安，由于奸臣李林甫当道，不得入朝办事，因而困居近十年。在《自京赴奉先县咏怀五百字》一诗中，概述了"朱门酒肉臭，路有冻死骨"的社会现况，也反映了自己的潦倒处境。当他回到奉先县家中时，"入门闻号咷，幼子饥已卒"。接着面临安禄山叛乱，在携家逃难途中被叛军捉去，从而流离转徙二年，才回到收复后的长安。长安时期先后写出《兵车行》、《哀王孙》、《哀江头》、《羌村》、《北征》等系列著名诗篇。在接受左拾遗之职不久，因遭连累而被贬为华州司功参军，于是有了"三吏"、"三别"的杰出之作，奠定了现实主义大师之根基。不到两年，由于关中大旱，杜甫只得弃官携家跋涉于秦州、同谷，最后到了成都。此时得到朋友相助，建了座草堂，过着种农作物和药材的农家生活。在这里写下不少的田园诗，《茅屋为秋风所破歌》可见其贫困境况。晚年流落至夔州（奉节），居二年，写下不朽的《秋兴》八首。然后出川，漂泊于江陵、岳州、衡州一带，咏出了"亲朋无一字，老病有孤舟。戎马关山北，凭轩涕泗流"这样凄楚之句。最终之末路，是在贫病交加中，逝世于湘江上的一条小船里。杜甫一生所写的诗，大部分是在窘困境遇里，在忧郁和痛苦中写出的，在随同平民大众一起悲欢的生涯中写出的，是用自己全部才能和功力来写的，所以能成为"史诗"，被尊为"诗圣"。杜甫，可谓"诗穷而后工"的典范。

其他，若孟浩然之应试不第，隐居鹿门，过着"只应守寂寞，还掩故园扉"的清苦、郁闷生活，而写了大量优秀山水诗者。李清照因战乱和丈夫早逝，导致其后半生一直过着颠沛流离、孤苦伶仃的日子，而艺术才华毕现，凭其精致的词作，开启了婉约派词之正宗。……这些人都在表明，诗穷而后工，非妄也。

关于第三层意思，实际上说的是诗人要尽可能具备丰富的生活体验。欧阳修说的"多喜自放于山巅水涯，外见虫鱼草木风云鸟兽之状类，往往探其奇怪"，显然在说，诗人应熟识大自然和社会，学会观察与体验生活，见多识广，才会有益于描绘景象和引发想像力。这正如刘勰在《文心雕龙·物色》中写的"若乃山林皋壤，实文思之奥府。……屈平所以能洞鉴《风》、《骚》之情者，抑江山之助乎？"的确，我们读着《诗经·国风》和《离骚》中所描写的那些丰富、美丽的自然风物，花木鸟兽，生动的比兴，定会理解"文思之奥府"和"江山之助"的含义了。宋代名诗家陆游，也一再强调这一条。他在《示子遹》中教训时说"汝果欲学诗，工夫在诗外"。这诗外之工夫为何？就是深入生活，接受大自然和社会的磨炼。

以上分论了"诗穷而后工"的三个侧面，总起来说，欧阳修发表的见解，其要义在于：诗人要做个普通人，过平常人的生活，了解和同情民众，易于哀民生之多艰。诗人要有意志力和自信力，面对挫折和不幸遭遇，能坦然承受；又要勇于不平则鸣，敢抨击邪恶和世道不公。诗人要习惯于贴近自然和社会，勤奋地去观察和体验，丰富大自然和生活的知识，从中获取多彩的诗材和艺术形象。

（本文有删节）

乐府诗絮

● 王铁麟

观

鱼

解

牛

有所思（汉乐府）

　　有所思，乃在大海南。何用问遗君，双珠玳瑁簪，用玉绍缭之。闻君有他心，拉杂摧烧之。摧烧之，当风扬其灰。从今以往，勿复相思，相思与君绝！鸡鸣狗吠，兄嫂当知之。妃呼豨！秋风肃肃晨风飔，东方须臾高知之。

　　这是一首表现情变的诗，为《汉铙歌十八曲》中的一篇，约作于西汉。《汉铙歌十八曲》最早著录于沈约《宋书·乐志》。余冠英认为："大约铙歌本来有声无辞，后来陆续补进歌辞，所以时代不一，内容庞杂。其中有叙战阵，有纪祥瑞，有表武功，也有关涉男女私情的，有武帝时的诗，也有宣帝时的诗，有文人制作，也有民间歌谣。"（见《乐府诗选》）

　　中国自古崇尚歌诗音乐，采诗制度成就了《诗经》。汉仍旧例，至武帝时设立了乐府机构，以李延年为协律都尉，造诗延请司马相如等数十人，其中也不排斥到民间征集歌诗以充吟咏演唱之需。《汉铙歌十八曲》即为乐府之一种。汉乐府内容多样，因常有"新声变曲，闻着莫不感动"（见《汉书·外戚传·李夫人传》），在中国诗史上享有很高的地位，我国古代最长的叙事诗《孔雀东南飞》亦属乐府中的

"杂曲歌辞"。

本篇描状女子爱恨交杂不能释的纠结与痛苦。先是用玉带饰绕玳瑁簪，准备赠送给在"大海南"的心上人，突然，闻其变心，即一举焚毁了准备已就的情物。"当风扬其灰"表现恨之切的心理状态。然而，行动已毕，真实的内心世界却不能一下参同到"与君绝"的内心誓言中去。她还在犹豫、彷徨，作感情的两难挣扎，天快亮了，兄嫂知道了我这样的决绝行为会怎么看我？鸡叫狗吠之前，我必须做最后的情感选择。女孩茫然地披着"肃肃北风"，叹了一口气。在汉乐府诗中，兄嫂的地位始终是家长权威的一种表现，未嫁女子的担忧与畏惧是合乎常理的。

诗篇并不长，但结构清楚的三个层次呈情感完全的曲线进行式：从热烈的爱到自焚情物直到爱恨交织，在跌宕的起伏中，人物性格被塑造得十分真实。全篇无一行赘笔，这对后来铺叙性的诗歌以相当的影响，而作品结构的有序，则是成功的主要因素。

上邪（汉乐府）

上邪！我欲与君相知，长命无绝衰。山无陵，江水为竭，冬雷震震夏雨雪，天地合，乃敢与君绝！

这又是《汉铙歌十八曲》中的作品。看得出，本篇仍出自民间，诗中女子为爱而发出的自誓几令人窒息！前人有说，本篇应是前录《有所思》的续篇，说出了女孩天亮前未考虑好的话。如作这样理解，作品又进入了一个更完备的性格层次，爱、恨、徘徊与决绝之誓更完整地成就了女主人公的文学典型。

全篇以五种自然界绝无可能出现的现象表示女子也绝无可能与情人分手。其言之烈，其情之坚，其心之诚，其状之悯，真令人读后喘息不得，吁叹连连。这是一种朴实的真爱，正因为真，也就成其大。中国民间歌诗中的真实精神始终如一地催化着以后的文人诗，让情感题材在真情实爱中完成作者与读者的共同创造。元曲《窦娥冤》中窦娥临刑前的呼叫亦本于此。

江南（汉乐府）

江南可采莲，莲叶何田田。鱼戏莲叶间，鱼戏莲叶东，鱼戏莲叶西，鱼戏莲叶南，鱼戏莲叶北。

这首是乐府中的相合歌，即一人唱，众人和，前三句为主唱，后四句或以一人和，亦可四人叠唱。是汉代最典型的民间歌唱。

写鱼的诗，在以往也出现过，如"鱼在在藻，依于其蒲"（《诗经·小雅·鱼藻》），但怎么读，也不如本篇写得那么活灵活现。"鱼藻"写的是依傍着水中蒲草的静态的鱼，而呈现在我们面前的江南鱼儿可是一群灵动、顽皮的自然生灵，更重要的是，我们的目光穿透鱼儿，看到了一群可爱的江南女孩，她们娇美婀娜的身影自由地穿梭于莲叶中间，与鱼儿共嬉，忽而南北，忽而东西。在汉乐府诗中，对女子美好情态的描写始终是一个永恒主题。写鱼儿东西南北的穿行也正是为了凸现采莲女的异样风采，正为此，本篇赢得千百年来读诗人的青睐。写人，从字面看又不涉及人（或不太涉及人），这是中国诗歌从早期就已出现的写作手段，大千世界，万物万象，诗人均可采之为己所用，这就是意象的营造。唐代诗歌会臻盛到那种程度，就技巧而言，巧用意象为其中一大原因。

长歌行（汉乐府）

青青园中葵，朝露待日晞。阳春布德泽，万物生光辉。常恐秋节至，焜黄华叶衰。百川东到海，何时复西归。少壮不努力，老大徒伤悲。

这是乐府中相和歌平调曲中的一首。

全篇情感积极，是乐府诗中不可多得的励志诗。前四句正写，状人生坦途，感谢雨露之恩。从"园葵"沐得"朝露"，引出蒙受"德泽"之万物光彩焕发。后四句从表面看，情绪低落，但这是对正写的反衬，其意义在于对正写的更有力的突出。秋天到了，青翠的绿叶也会变黄，水复东流，人生不再，一切都在于抓紧做自己该做的事，尽人生快乐的营造，作人生应有之贡献。末二句已成为警醒人生的格言，少年荒嬉，老大途生伤感，夫复何用？

清人王尧衢在《古唐诗合解》中说："春和布泽，万物俱生光辉，殆秋节至而黄叶衰，其色焜黄矣。人生盛年之难再，不犹是乎！故又百川东游，不复西归为比，而叹少壮蹉跎，至老大而自伤者，其徒然耳"，深获诗人主旨。

全诗以首二句起兴，在乐府诗中也是较常见的典型手法。

饮马长城窟行（汉乐府）

青青河畔草，绵绵思远道。远道不可思，宿昔梦见之。梦见在我旁，忽觉在他乡。他乡各异县，展转不相见。枯桑知天风，海水知天寒。入门各自媚，谁肯相为言？

客从远方来，遗我双鲤鱼，呼儿烹鲤鱼，中有尺素书。长跪读素书，书中竟何如？上言加餐饭，下言长相忆。

两篇均属乐府相和歌辞中的相和曲。最早见于《文选》，是古乐府中较著名的作品。

"青青"篇中主人公是一位女性，她痴痴地在想念远走异乡的丈夫。"河边"、"远道"分别是往日缠绵的路口和与丈夫惜别的地方。她呆在那儿，已不知思绪飞向何处。天晚了，沉沉睡去，突然见到丈夫就在自己身边，然而睁开眼睛，又是一场梦！梦见他"展转"四方，归家无日。"枯桑"、"海水"两句是比喻，指自己的心情就如枯桑感受风吹，浸海水觉得天冷；风吹桑落，天冷水冰，自己心中的苦只有自己知道。至于希望谁会来送上一席安慰的话，则又是奢求，"入门"指他人团聚，"各自"享受恩爱，而自己已是无人关顾的弃女了。

162

这首诗用比，用顶针格的修辞法（三句、五句、七句末二字各承上句末二字），直言思妇心绪，十分动人。

"客从"篇用铺陈手法展现从获得书信到读得书信的全过程。鲤鱼传书，不是指将信常在真的鱼腹里，"双鲤鱼"指藏书信的鱼形木函，分上下两片，一底一盖，故称为"双"，书信即放在其中，亦取鱼水之欢的意思，所以这种传递书信的方式也就仅限于夫妇之间了。此处"烹"可解为解开鱼形木函的带子。古代通讯落后，有夫君来书，欢欣鼓舞，爱而敬之，"长跪"读书信也描状了获信者的激动。诗的最后两句，写尽了世间一切恩爱夫妻间的至真叮嘱：多吃点，我们永远相爱！时隔千年之上，今日读来，仍是唏嘘不已，这就是爱的永恒。

从诗歌反映的内涵来说，尽管只有八句四十个字，但确是颇为标准的叙事诗。中国古代诗歌以抒情为主，叙事诗的主流地位始终没有出现过。这也许是文人诗占据诗歌主导地位的缘故，巷间里陌的故事应是不为士大夫阶层所感兴趣的，因此，像这样率真的歌吟更值得后人用心去感悟。当然汉乐府中同样的体裁还是可寻得踪迹的。受此影响，偶尔我们也会从自由吟唱时代文人署名的五言诗中发现他们向民歌汲取营养的例证。《孔雀东南飞》就是一个很能说明问题的例子。

董妖娆（汉·宋子侯）

洛阳城东路，桃李生路旁。花花自相对，叶叶自相当。春风东北起，花叶正低昂。不知谁家子，提笼行采桑。纤手折其枝，花落何飘飏。请谢彼姝子，何为见损伤？高秋八九月，白露变为霜。终年会飘堕，安得久馨香？秋时自零落，春月复芬芳。何时盛年去，欢爱永相忘。吾欲竟此曲，此曲愁人肠。归来酌美酒，挟瑟上高堂。

本篇作者有名而无考。《乐府诗集》归入杂曲辞类。"董妖娆"应为女子名，唐人诗曾作美人用，疑为歌姬之泛称。

163

如温庭筠《题柳》中："香随静婉歌尘起，影伴娇娆舞袖垂"，又《怀真珠亭》："珠箔金钩对彩桥，昔年与于见妖娆"。"娇娆"者，均应从本篇而来。

作品的写作方法颇为奇特，通过折花人与花儿对答的方式描状了花儿想在"春月复芬芳"的盛年享受一度"欢爱"的渴望，但现实是花儿已折，青春长逝，这是花的悲哀，更是残花的比拟对象——美女董妖娆的悲哀。

全篇的问答脉络清晰可见。花儿问折花人：你为何要伤害我？折花人回答：到了白露为霜的秋天，你就要飘堕到死亡的低谷，那时，还有什么馨香存在呢？花儿进阶回答：秋天的我，是要败落，但一等到来年的春月，芬芳又会再来，我亦会重获生命。只是青春苦短，一旦失去，旧日对我的眷恋也就长逝不再了。

作品通过三度问答，将残花无依寡助的绝望情态表现得如此令人扼腕。人说美人迟暮，伤如之何！然而美在"花花自相对，叶叶自相当"的盛年，也要横遭夭折，这又是怎样的一种绝望？何况即使重生，享受到的也仅是一霎时的"欢爱"，"盛年"一去，仍遭零落。女子，甚至还是光彩照人的漂亮女子都作如是想，那么，普通女子又将陷入何种的生活状态和感情深渊呢？诗人将人花互写，以花写人，以花比人，花的厄运正是美少女的现实，难怪连作者也不忍写下去了。

两汉乐府多的是情感真挚、感人肺腑的内心独白，"何时盛年去，欢爱永相忘"的忧心是中国长时期男权社会的遗痛，旧时女子的难忘伤痛，留给今天的，仍是深沉的郁结和反思。

将物赋以人的性格，作人、物对话的描写方式在中国传统诗歌中是一种传统。它能给人以生命的互动和理念的交流，而使主题更趋深化。诗篇的最后有了及时行乐的行为方式，这不是颓废，而是绝望中对"盛年"生命的向往与追求，它，也许并不完全属于男子。

用花的人格化语言，将花的自尊自爱的心理表达得淋漓尽致。以物状人，是将意象发挥到最大艺术化的一种表现方式，从《诗经》开始迄唐宋达到极致。

怨歌行（汉乐府）

新裂齐纨素，鲜洁如霜雪。裁为合欢扇，团团似明月。出入君怀袖，动摇微风发。常恐秋节至，凉风夺炎热。弃捐箧笥中，恩情中道绝。

《乐府诗集》载入"相和歌·楚调曲"，题为班婕妤作，非是，只是本篇所咏主题与班婕妤身世稍有吻合之处。班婕妤在汉孝成帝初即选入后宫，不久获宠，并曾有身孕，产下男孩，虽数月后亡，仍得宠如旧，后因赵飞燕姐妹谗言，班恐遭祸，退居东宫，作赋自悼。从《汉书·外戚传》所列班的事迹来看，此女稳重大气，为人低调感恩。本篇哀怨颇盛，风格与所赋不见相同，且班虽一度有失宠事，成帝亦并没摈弃班女，帝死后，班任陵园职，死后，亦葬园中。由此分析，本篇仍是一首出自中等以上家庭的怨妇的歌（或男子代拟也未尝不可）。以纨扇设喻，揭示女子始见宠爱终遭遗弃的命运。"鲜洁无霜雪"是女子禀性的写照，"动摇微风发"喻见宠时的状态，然而"炎热"代替了"秋节"，"恩情"也难逃"弃捐"的结局了。

有人评此篇是与屈原《橘颂》一样的咏物诗，但从题意看，此说不一定能成立。两汉乐府与南朝民歌以物喻男女之情的作品不在少数，视之为情爱主题似更恰当些，本篇题目中一个"怨"字可用作提示。钟嵘《诗品》评此诗说"团扇短章，辞旨清楚，怨深文绮，得匹妇之致"，更是从情字出发的。

咏物诗以描摹物态为主，旁及寄托；寄托言情则以摹情为主，而仅以物为寄情的平台，本篇当属后者。

图书在版编目（CIP）数据

上海诗词.2016.第1卷：总第13卷/上海诗词学
会编.-- 上海：上海三联书店，2016.7
ISBN 978-7-5426-5625-4

Ⅰ.①上… Ⅱ.①上… Ⅲ.①诗词–作品集–中国–
当代 Ⅳ.①I227

中国版本图书馆CIP数据核字（2016）第139294号

上海诗词

主　　编/褚水敖　陈鹏举
编　　者/上海诗词学会

责任编辑/方　舟
特约审读/周大成
装帧设计/方　舟
监　　制/李　敏
责任校对/张大伟
校　　对/莲　子
统　　筹/7312·舟父图书传媒工作室

出版发行/上海三联书店

(201199)中国上海市都市路4855号2座10楼
网　　址/www.sjpc1932.com
邮购电话/22895559
印　　刷/上海惠敦印务科技有限公司

版　　次/2016年7月第1版
印　　次/2016年7月第1次印刷
开　　本/787×1092　1/16
字　　数/200千字
印　　张/11.25
书　　号/ISBN 978-7-5426-5625-4/I·1148
定　　价/36.00元